U0127748

成功经典：
世界上最伟大的故事

财富篇

# 钻石宝地

 斯坦金 ◎ 编著

东方出版社

策划编辑:孙兴民

责任编辑:孙兴民　叶蓓卿　薛岸杨

封面设计:徐　晖

责任校对:伍　琼　李　音

**图书在版编目(CIP)数据**

钻石宝地:财富篇/斯坦金 编著.－北京:东方出版社,2009.4
(成功经典:世界上最伟大的故事)
ISBN 978－7－5060－3421－0

Ⅰ.钻…　Ⅱ.斯…　Ⅲ.成功心理学-通俗读物
Ⅳ.B848.4－49

中国版本图书馆 CIP 数据核字(2009)第 011776 号

**财富篇　钻石宝地**

CAIFUPIAN　ZUANSHI BAODI

斯坦金　编著

**东方出版社** 出版发行

(100706　北京朝阳门内大街 166 号)

北京瑞古冠中印刷厂印刷　新华书店经销

2009 年 4 月第 1 版　2009 年 4 月北京第 1 次印刷

开本:880 毫米×1230 毫米 1/32　印张:9.75

字数:245 千字　印数:0,001－5,000 册

ISBN 978－7－5060－3421－0　定价:22.00 元

邮购地址 100706　北京朝阳门内大街 166 号

人民东方图书销售中心　电话 (010)65250042　65289539

## 攀登成功的阶梯

这是世界上最伟大的故事；

这是世界上最伟大的成功故事；

这是世界上最伟大的成功故事的精心集结。

人们最爱听故事；

人们最爱听成功的故事；

人们最爱听激动人心、振奋精神的成功故事。

小时候，妈妈给我们讲故事；上学后，老师给我们讲故事；今天，对于青年、中年以及奋斗不息、志在千里的老年而言，我们再一次来聆听大师们讲故事。也许，在人生的交叉点；也许，在事业的转弯处。

故事能给予我们最深刻、最广泛的教益和启迪，教益和启迪我们走向更加成功的人生。

人生做的事，不必多，只求好；感人的故事，不在多，只要精。

这是六卷本的系列成功经典故事集。

如果我们用三个月的时间，精心去读其中的一本；如果我们每天只读三五篇故事，细心体会，认真研读，获得心得，那么我们就会攀升人生成功的新阶梯。

读完这套书，我们只需要十八个月，即一个成功阶梯的轮回。

因为，它们是世界上最伟大的故事；
因为，世界上没有比它们更伟大的故事。
它将指导我们走向辉煌、灿烂、多彩、充实、永恒而又壮丽的成功人生。

斯坦金
2008 年 9 月 1 日
于北京

# 目　录

## 卷三　犹太人法则

## 卷四　自尊与自信

## 卷五　向着目标

## 卷六　人生智慧

## 卷七　高贵的施舍

# 卷八　创造奇迹

# 卷九　杰出女性

## 卷十 金点子

# ·卷 一·

# 钻 石 宝 地

世上许多人都向注着那遥远的宝藏，他们远走他乡，他们幢憬未来，总是希冀在某一天、在某一个地点，能够找到代表财富的钻石。

岂不知，钻石就在你的身上，钻石就在你的脚下，钻石就在你的后院！

# *001* 孤岛的泉水

敢于突破经验，则往往能给人在困境中带来生机。

一次，一艘远洋海轮不幸触礁，沉没在汪洋大海里，幸存下来的九位船员拼死登上一座孤岛，才得以幸存下来。

但接下来的情形更加糟糕，岛上除了石头，还是石头，没有任何可以用来充饥的东西。更为要命的是，在烈日的暴晒下，每个人口渴得冒烟，水成为最珍贵的东西。

尽管四周是水——海水，可谁都知道，海水又苦又涩又咸，根本不能用来解渴。现在九个人惟一的生存希望是——老天爷下雨或别的过往船只发现他们。

等啊等，没有任何下雨的迹象，天际除了海水还是一望无边的海水，没有任何船只经过这个死一般寂静的小岛。渐渐地，八个生存的船员支撑不下去了，他们纷纷渴死在孤岛。

当最后一位船员快要渴死的时候，他实在忍受不住扑进海水里，"咕嘟咕嘟"地喝了一肚子水。船员喝完水，不但没觉出海水的苦涩味，反而觉得这海水甘甜可口，非常解渴。他想：也许这是自己渴死前的幻觉吧！便静静地躺在岛上等着死神的降临。

他睡了一觉，醒来后发现自己还活着，船员非常奇怪，于是他每天靠喝这岛边的海水度日，终于等来了救援的船只。

　　人们化验这水才发现，这儿由于有地下泉水的不断翻涌，所以海水实际上全是可口的泉水。

## ◆◆◆◆◆◆◆ 斯坦金点评 ◆◆◆◆◆◆◆

　　当你遇到危机时，身边也许就能找到解决的办法。所以，面对困难，不要固守已有的经验，要敢于尝试不同的解决方法，奇迹就会在不断创新中出现。

# *002* 前进一步，剑就长了

> 任何事情都不可能像我们企盼的那样：恰当和
> 正好。我们总要做些什么，才能使事物完善和
> 完美。

一位著名的斯巴达斗士，在回答他一生中最让他受益匪浅和难忘的人和事是什么时，他的回答是母亲给他的一句话：……前进一步……

那时我年方18，血气正盛，刚刚练习击剑，当我还没刺到对方身上时，对手的剑早到了我身上，唉，谁叫我的剑太短了！

"不，儿子，前进一步，你的剑不就长了吗?"这是我母亲的回答。

### ◆◆◆◆◆◆◆ 斯坦金点评 ◆◆◆◆◆◆◆

不要怨天尤人，命运其实就在自己的手中。在机遇尚未来临之前，你也不妨"前进一步"，去迎接机遇。

# *003* 最辉煌的钻石矿

这是一个既悲惨又令人遗憾的真实传说……

许多年以前，我和一队英国人沿底格里斯河和幼发拉底河旅行。向导是位阿位伯老人，我觉得，他的某种气质很像我们的理发师。他认为，他的职责不仅仅是带领我们沿河而行，他还不应愧对所赚的导游费。而且还应该给我们讲一个个奇特古怪的、古老的或现代的、陌生的或熟悉的故事。他讲的许多故事我都忘记了，我并不遗憾忘了它们，但是，有一个故事，我却始终记着。

他说："现在我给你讲一个故事，我总是把它留给我的特殊的朋友。"当他加重语气说"特殊的朋友"这个字眼时，我心里嘀咕着，这是一个什么样的故事呢？竟值得如此郑重其事，这引起了我的浓厚兴致，于是，便冲他点了点头。

老向导说，大约几百年前，有一个波斯人住在离印度河畔不远的地方，他叫阿里·哈菲德。哈菲德住在河堤上的一幢农舍里，从那里放眼望去，是无垠的田野伸向远方的大海。他有妻子和孩子，有一个很大的农场，有果园、田地、和花园，他还借钱给人，收取利息。他因富裕而知足而幸福。

一天，一位佛教长老拜访了哈菲德，这长老是一位来自东方的智者。长老在火边坐下后，便给哈菲德讲述我们的世界是怎样形成的。他说，当初这个世界不过是一团雾，万能的神将一个手指插进这团雾里，慢慢向外搅动，越搅越快，直到最后把这团雾搅成一个结实的火球。然后，火球在太空中滚动，燃烧着滚过其他一团团雾，火球四周的水气凝结起来，直到大雨滂礴，降落在高温的表面，使得外面的壳冷却。后来，里面的火冲破了外壳，耸起了山脉、丘陵，形成了山谷、草场，这才有了我们这个美妙的世界。溶解的物质从火球里冲出来，迅速冷却就成了花岗岩；随后冷却而成的是铜，然后是银，接下来是金，金之后，钻石形成了。

长老说："一块钻石就是一粒凝固的阳光。"现在看来，这种说法在科学上也是正确的，因为钻石其实是来自太阳的碳沉积而成的。长老告诉哈菲德，钻石要比金、银、铜矿值钱得多：如果他有拇指大的一块钻石，他就能买下这个国家；如果他有一个钻石矿，他就能凭巨大的财力让他的孩子登上王位。

哈菲德听了钻石的故事，知道它们价值连城之后，当晚睡觉的时候，感觉自己已经是个穷人。他被一种不知足感攫取了，他并没有丢失任何东西，却因为感到不满足而觉得贫穷。因为担心自己贫穷而不满，他暗暗发誓："我想要一个钻石矿。"这夜他失眠了。

第二天清晨，哈菲德将长老从梦乡中摇醒，对他说：

"请你告诉我哪里能找到钻石？"

"钻石？你要钻石干什么？"

"当然是想非常非常富有，让我的孩子们登上国王的宝座。"

"那么，好，去找钻石吧。你该做的就是：去找它们，然后你就会拥有它们。"

"但是，我不知道到哪去找。"

"东南西北，随便哪里。"

"我怎么知道自己已找到了呢？"

"嗯，如果你找到了一条河，河水从白色的沙子上流过，两边是高山，你就能在这些白沙子中找到钻石的。"

"我不相信有这样一条河。"

"有的，这样的河很多。你该做的是，去寻找它们，然后你就会拥有它们。"

哈菲德说："好，我去。"

于是他卖了农场，索回了贷款，将家人托给一个邻居照管，在一个迷蒙的清晨就上路去寻找钻石了。老向导说，我想，他肯定是在月亮山开始寻找的。然后，他翻越阿拉拍的高山，又来到巴勒斯坦和埃及，接着辗转进入欧洲游荡了数年后却一玩所获。最后，他分文未剩，衣衫褴褛，忍饥挨饿，困苦不堪，一贫如洗。

一天，他站在西班牙巴赛罗纳海湾的岸边，一个大浪向他打来，这个可怜的人，对自己的愚蠢和狼狈相深感羞愧，他饱经苦难和打击，奄奄一息之际，抵抗不住一种可怕的冲动，便纵身跳进了迎面而来的大海中，淹没在白沫翻滚的浪涛下，再也没有站起来。

老向导讲完了这个极其悲惨的故事后，停下来，回身去扶另一匹骆驼身上滑下来的行李。趁他走开的工夫，我思索着这个故事："他为什么要把这样一个故事留给'特殊的朋友'呢?"这个故事似乎缺少头尾，缺少中间情节，什么也没有。在故事的第一部分主角就死了，我有生以来第一次听人讲这样的故事。

老向导回来后，拿起缰绳，立即开始讲故事的第二部分，仿佛根本没停顿过一样。

买了哈菲德农场的人十分知足，尽量利用周围的一切，认为背井离乡去找钻石没有道理。

有一大，头了哈菲德农场的人骑着骆驼到花园里饮水。园里的小溪很浅，当骆驼将鼻子伸到水里的时候，新的农场主发现：小溪底部的白沙子里有一道奇异的光芒。顺着这道光芒，他挖出来一块黑色的石头，只见它熠熠发光，如彩虹般灿烂。他把这块石头拿进屋里，放在中央的壁炉架上，随后就把它忘了。

几天后，还是那位长老来拜访哈菲德的后继人，一开客厅的门，就看到了壁炉架上的那道闪光，他冲过去，喊道："这是钻石！是阿里·哈菲德回来了吗？"

"啊，没有，阿里·哈菲德没有回来，那也不是钻石，不过是块石头，就在我们家的花园找到的。"

"但是，"长老说，"我认识钻石，我可以肯定它是钻石。"

然后，他们一块冲到花园里，用手将白沙子挖起来，天啊！他们发现了一块更美丽、更有价值的钻石。

老向导告诉我："举世闻名的戈尔康达钻石矿就是这样发现的，这是人类历史上最辉煌的钻石矿，胜过金伯利。英王王冠上的依一诺尔钻石、俄罗斯国王王冠上的奥尔洛夫钻石、世界上最大的钻石，就是从这个钻石矿里挖掘出来的。"朋友们，老向导所说的是真实的历史。

老向导讲完了故事的第二部分，又摘下土耳其帽子，抛向空中，以使我留意故事的寓意，尽管故事并未直接涉及到道德、伦理，但阿拉伯导游却总是强调它们的寓意。

他边抛帽子，边对我说："如果哈菲德呆在家里，挖一挖自己的地窖、麦田、花园，而不是历尽艰难困苦、饥寒交迫，在陌生的土地上盲目地寻寻觅觅，以致于最后跳海身亡，他就会用自己的钻石镶嵌在国王和他们王后们的桂冠上。"

当他讲出了故事的寓意后，我明白了他为什么要把这个故事留给"特殊的朋友"。但是我并没有告诉他，我知道了其中的奥妙。这个有趣的阿拉伯人做事像律师一样转弯抹角，说出他不敢直接说的话，那就是，他私下认为：一个理应呆在家里的美国年轻人，此时却正沿着底格里斯河旅行。

### ◆◆◆◆◆ 斯坦金点评 ◆◆◆◆◆

这是一个既真实而又离奇的故事。我们不应为故事本身的情节与结局而惋惜，而应从故事的寓意中受到震撼心灵的启迪。

# *004* 财富就在你脚下

> 最重要的是要做手边清楚的事情，而不是追求
> 远方模糊的东西。

故事发生在 1847 年美国的加利福尼亚。一位农场主听说加利福尼亚南部发现了金矿，于是，这位农场主燃起了淘金的激情，他将农场卖给萨特上校，便出门寻金去了，从此再也没有回来。萨特上校在流过农场的小溪上建了一个磨坊。一天，他的小女儿从溪流里捞出一些湿沙子，并带回了家里，她对着火用手指筛沙子，在筛下的沙子里，萨特偶然间看到了金子的光芒，金矿就这样被发现了。

原来的农场主如果留下来多多注意一下自己脚下的这块土地，这些财富就属于他了。自从萨特那天看到了第一束金光后，在那几英亩的农场上，已经挖掘出了价值 3800 万美元的金子。许多年来，现在这座农场的主人萨特每 15 分钟就能得到价值 360 美元的金子，这样的收入谁都想要。

还有一个比这更有说服力的故事发生在宾西法尼亚州。有这样一个人，他不像你们见过的某些宾州人那样贫穷而又愚昧，他拥有一座农场，为了去干更大的事业，他打算将农场卖掉。但是在卖农场之前，他要先找好工作，他想为他的表哥开采石油。他的表哥在加拿大做石油生意，是最早在加拿大发现石油的人之一。

于是这位宾州的农场主给表哥写了一封信。这个农场主做事比较谨慎。除非找到了新工作，否则他是不会离开自己的农场。不久，表哥回信说："我不能雇用你，因为你对石油生意一无所知。"

然而农场主又写信说："我会学会这门生意的。"于是，他以极大的热情开始学习全部课程，从上帝创造世界开始学起，那时世界上覆盖着浓密的植被，后来变成了原始煤矿。接着学到从这些丰富的煤矿里流出了值得开采的石油。然后他学习了自流井是怎样形成的，直学到煤油的性状、气味、味道和提炼方法。这时，他又给表哥写了一封信，告诉他："我学会做石油生意了。"表哥回信说："好，来吧。"

于是他卖了农场，总共卖了833美元。他离开农场后不久，新的农场主就着手安排饮水的事情。这位新农场主发现，许多年来，以前的农场主一直把一块厚木板插在谷仓后面的小溪里。木板斜插进水里仅仅几英寸，目的是在对岸形成一层看似恐怖的泡沫，使牛不敢在有泡沫的地方喝水，而只能在下游饮水。

实际上，那个去了加拿大的农场主23年来亲手阻止了大量的煤油流出来。

十年前，宾州的地质学家宣布，那里发现了石油，于是，经开采，当年就为宾州创利一亿美元；四年前，地质学家又宣布，这一发现能使宾州获利十亿美元。

现在，在这片土地上座落着提多城和乐城山谷，曾经拥有它的那个农场主自学石油课程，从上帝创世的第二天一直研究到当代。他考察这块土地，直到对它了如指掌，然而仍然以833美元卖掉了整个地方，放弃了握在手中的财富。

另外一个故事发生在麻萨诸塞州。一个名叫查理的年轻人在耶鲁大学学习矿产和采矿，由于出色的表现，学校当局雇用他给差生补课。这份工作使他每周获得15美元，他毕业时，学校将工资由每周15美元涨到45美元，希望他留校任教。然而，他却拒绝了，如果以前校方将他的工资从 15 美元涨到 15 美元 60 美分，他不但会留下，而且会为这个职位而骄傲。可是，当他的工资一下子涨到 45 美元时，他却说："妈妈，我不要每周只能赚 45 美元的工作。一个头脑聪明得像矿床一样等待开采的人怎么能只挣 45 美元呢？我们到加利福尼亚去采金子和银子去，我们会无比富有的。"

他妈妈说："查理，幸福和富裕同样重要啊。"

"是的，"查理说，"最好能既富有又幸福。"

母子俩当即卖掉了麻萨诸塞的所有财产，但没有去加利福尼亚，而是去了威斯康星，在那里查里受雇于苏必利尔铜矿公司，仍然每周赚 15 美元。但是他与公司签的契约包括一个附带条款：无论他为公司发现什么矿产，他都有权利得到一定的份额。然而查理一直没有发现过任何矿藏。

其实，当查理刚刚离开老宅，新主人就去地里挖土豆，这些土豆在他买农场的时候就已经长熟了。农场主将一袋土豆架在石砌的墙上，正准备扛回去时，他突然发现，石墙的外上角，就在大门的右边，有一块长在里面的银子，八英寸见方。查理出售宅地的时候，就是坐在那块银子上讨价还价的。他出生在这里，在这长大成人，曾经用袖子前前后后地擦试这些石块，直到光可鉴人。

朋友们，世界上到处都有人犯这样的错误，那么，我们为什么还要嘲笑那个人呢？我根本就不知道查理后来的情况，但是据我猜测，他今晚可能正坐在壁炉旁边，周围是他的朋友们。他说，"你们知道费城的那个叫康威尔的人吗？""噢，知道，我听说过他。""你们知道费城的那个琼斯的人吗？""知道，我也听说过他。"

随后他大笑起来，晃动着身子对朋友们说："好，他们所做的事与我没什么两样"——这就毁了整个笑话，因为你我与他犯过同样的错误，当我们坐在这嘲笑他的时候，他更有理由坐在那讥讽我们。

今天晚上我环视听众的时候，看到的是 50 年来司空见惯的面孔——犯同样错误的人。我希望能见到一些年轻的面孔，希望这里坐满了中学生和文法学校的学生，我准备好好与他们谈谈。我更喜欢年轻的听众，是因为他们最具可塑性，没有成年人的偏见，没有顽固的风俗习惯，没有经历过我们的失败。与成年人相比，我能给这些年轻人更大的启发和帮助。尽管如此，我仍会为今晚的听众尽力而为之。我要告诉你们，就在费城——你们的故乡，也有"钻石宝地"。但是有人会说："噢，如果你这样认为，那么，你不大了解这座城市。"

我对报纸上的一则报导非常感兴趣，一位年轻人在北卡罗莱纳州找到了钻石。这是迄今发现的最纯的钻石，以前在附近地区还发现过几颗钻石。我拜访了一位著名的矿物学教授，问他那些钻石是从哪来的。他仔细地观看美国大陆地质构造图，一丝不苟地寻找。然后说，这些钻石可能埋藏在地下的煤层里，向西穿过俄亥俄河和密西西比河，但更可能位于向东穿过弗吉尼亚州直达大西洋海岸的煤层里。事实上，那里有钻石确定无疑，而且已有售出。它们是在漂流时期从北部某个地方移到那里的。除了拿着钻头来到费城的人，谁能找到钻石矿的踪迹呢？

朋友们，不能说你们没有站在世界上最辉煌的钻石矿上，因为最纯的钻石也不过是从地球上最优质的矿藏里发掘出来的。

（拉塞尔·康维尔）

## ◆◆◆◆◆◆◆◆◆ 斯坦金点评 ◆◆◆◆◆◆◆◆◆

人类一再犯下相同的错误，是因为他们太过于急功近利，是因为他们缺乏对自己、对周围的深刻了解，更是因为他们不属于珍惜已经拥有的细微点滴，其实成功无处不在。

# *005* 不该排斥的财富

　　　　抱着积极的心态，你就会不断地努力，直到你
　　得到了你要寻找的财富。

　　这个故事的主人公叫做奥斯卡。1929 年下半年的某一天，奥斯卡在中南部的俄克拉荷马州首府俄克拉荷马城的火车站，等候搭乘火车往东边去。其实，他正在为一个东方的公司勘探石油，并且在气温高达 43℃的西部沙漠地区已经呆了好几个月。

　　奥斯卡是麻省理工学院的毕业生。据说他已把旧式探矿杖、电流计、磁力计、示波器、电子管和其他仪器结合而成用以勘探石油的新式仪器。

　　现在奥斯卡得知：他所在的公司因无力偿付债务而破产了。奥斯卡踏上了归途，他失业了，前景相当暗淡。

　　消极的心态开始极大地影响了他。

　　由于他必须在火车站等待几小时，他就决定在那儿架起他的探矿仪器用以消磨时间。仪器上的读数表明车站地下蕴藏有石油。但奥斯卡不相信这一切，他在盛怒中踢毁了那些仪器。"这里不可能有那么多石油！这里不可能有那么多石油！"他十分反感地反复叫着。

　　奥斯卡由于失业的挫折，正处在消极心态的影响下。他所寻找的机会就躺在他的脚下。但是由于消极心态的影响，他不肯承

认它。他对自己的创造力失去了信心。

那天，奥斯卡在俄克拉荷马城火车站登上火车前，把他用以勘探石油的新式仪器毁弃了。他也丢下了一个全国最富饶的石油矿藏地。

不久之后，人们就发现俄克拉荷马城地下埋有石油，甚至可以毫不夸张地说，这座城就浮在石油上。奥斯卡就成了这个原则的活生生的证明：积极的心态能吸引财富，消极的心态能排斥财富。

## 斯坦金点评

人在挫折之时，往往不能表现出冷静。挫折所产生的消极心态，使得做事时常常失败。

# *006* 往下三尺有黄金

　　　　最常见的失败原因，莫过于遭到一时不如意就
放弃的习惯。每个人都会偶尔犯下这样的错误。

　　淘金之风正炽时，达比有个伯父也迷上了"淘金热"，他只身跑到西部去挖金矿，好实现他的发财梦。但他从没有听说过"有史以来从土里挖得的金矿，远不如人类想象中要开采的来得多"这句话，就迫不急待地请领了一块土地，拿着铁锹和十字镐，动手开挖。

　　埋头苦干了好几个礼拜后，他发现了亮晃晃的金砂，总算颇有收获。他很高兴，但他没有机器把矿砂弄到地面，只好不声不响地埋了矿，回到他的家乡马利兰州的威廉斯堡，把他的发现告诉了亲友。大家凑足了买机器的钱，把机器运到了矿场，达比也跟着伯父去挖矿。

　　挖出来的第一车矿送到了冶金场提炼。结果证明他们挖到的是科罗拉多最丰富的矿藏之一。再多挖上几车的矿，他们就可以还清债务，之后就只剩赚钱了。

　　挖金的矿钻往下钻，送上来的是达比和伯父的希望！但是大事却不妙了，矿脉突然间踪迹尽失。他们到了昙花一现的地步，矿藏已不再有。他们不停地钻，拼死拼活想重拾矿脉，结果却徒劳无功。

　　最后，他们就此罢休。

　　他们把器材以区区数百元的价格卖给了一位旧货商，然后搭

火车回家。这位旧货商邀请了一位开矿工程师去看矿坑，做实地的地质测量。结果发现，原计划会失败，是因为矿主不熟悉"断层线"所致。据工程师的推断，矿脉就在"达比歇手处的下方三英尺"。结果矿脉果真就不偏不倚地在地下三英尺处露脸。

旧货商晓得要在放弃之前，先找专家咨询，所以他从该矿赚取了上百万美元。

后来，达比先生所重拾的财富，是当初损失金额的好几倍，因为他发现了"渴望可以转换成黄金"的原理。在投入人寿保险的销售行列之后，他才有了这样的顿悟。

记取了往下三尺有黄金的教训后，达比受益无穷。他只需告诉自己："我只差三尺就挖到黄金了。所以，今后我请顾客买保险的时候，绝不会因为人家说'不'，我就罢休。"

达比后来晋身收入逾百万美元的精英之列。他那"锲而不舍"的精神可归功于开金矿时的"半途而废"。

任何人成功之前，必然会遇到一时的失意，说不定也会落败几回。碰到不如意的事，歇手收山是合情合理的，也是最省事简便的做法。大部分人就是这么办的。

然而，全美国的首富中，有500人以上亲口告诉过我，他们最轰轰烈烈的成功和打击他们的失败，相距仅有一步分。失败是个阴险狡诈的淘气鬼，要是眼见有人的成功虽近在咫尺，却落入它的圈套，它最乐了。

（拿破仑·希尔）

## ◆━━━━◆ 斯坦金点评 ◆━━━━◆

达比还算幸运的，虽然开金矿没有找到"钻石"，但在做保险的时候，还是找到了"钻石"。尽管已经损失了上百万美元。成功在于科学的论证后，再锲而不舍的坚持。

# *007*  芬芳的内在美

安东尼·罗宾指出：一般人认为成功者必定有
其特殊的才能或高人一等的智商，其实并不然。因
为才能与成功之间的关系是微乎其微的。

在选美竞赛上，众人瞩目的总是亮丽鲜艳的面孔、婀娜多姿
的体态。外在美是选美取决的标准，可是也有人相信内在美的焕
发才是选美最重要的条件，而且这样的理念也得到了证实，至少
在美国小姐唐娜·亚松真身上，世人见识到内在美获得认同的实
例。

唐娜出生在阿肯色州的一个小镇上，她的青春期就像大多数
的青少年一样，生涩、害羞，对自己的将来不知所从。那个时
候，她想象自己是只丑小鸭，并不是选美的皇后。可是唐娜有一
些远比外在的美丽更要紧的特质，她的气质清新，风度稳健。从
审美的角度来看，她是一块璞玉，稍加琢磨就能大放异彩。至少
她相信是的。

她决定要把自己的内在美表现出来。她去练健身，学习仪
态，然后报名参加一场选美比赛。那一场比赛她没进入决赛，可
是唐娜并不灰心，接着又参加了好几场比赛，直到参加过 16 场
选美比赛之后，她终于当选阿肯色小姐，然后又成为美国小姐。
以后她带着同样那一份自然芬芳的内在美，以及辛勤努力的工

作，踏入娱乐界，后来已是一个出色的艺人，拥有自己的节目。

安车尼·罗宾指出：对我们每个人来说，这个故事透露的实在是一个好信息，因为每个人都拥有同样芬芳的内在美。最重要的是去找出自己的内在美，把它表现出来，你不见得会是另一个选美皇后，可是它能使你成为人生的赢家。

照这样说来，其实每个人都具有成功者的资格，亦即在起跑点上是一样的，至于起跑后的差距则是日积月累发展出来的。虽然每个人都有获得成功的机会，但是，结果如何，完全要看个人的本事了。

## ◆◆◆◆◆◆◆◆◆ 斯坦金点评 ◆◆◆◆◆◆◆◆◆

每个人都有成功的资格，每个人也都有成功的潜力，发掘自己的潜力，选择正确的道路就一定能走向成功。

## *008* 荒岛变乐园

> 是的，生活就是这样，有些人再苦再累、再困
> 难，但奋斗了，他是生活的主人；有些人再欢乐、
> 再舒适、再富足，但他始终自豪不起来，因为在生
> 活之河里他缺少艰苦创造和拼搏的精神。
>
> —— 拿破仑·希尔

有两个人在大海上漂泊，想找一块生存的地方。

他们首先到了一座无人的荒岛，岛上虫蛇遍地，处处都潜伏着危机，条件十分恶劣。

其中一个人说："我就在这了。这地方虽然现在差一点，但将来会是个好地方。"

而另一个人却不满意，于是他继续漂泊，后来他终于找到一座鲜花烂漫的小岛，岛上已有人家。他们是 18 世纪海盗的后裔，经几代人努力把小岛建成了一座花园。

他便留在这里做了小工，很快就富裕起来，过得很惬意。

过了很多很多年，一个偶然的机会，他经过那座他曾经放弃的荒岛，于是，他决定去拜望老友。

岛上的一切使他怀疑走错了地方：高大的屋舍、整齐的田畴、健壮的青年、活泼的孩子……老友虽已因劳累、困顿而过早衰老，但精神仍然很好。尤其当说起变荒岛为乐园的经历时，更

是神采奕奕。最后老友指着整个岛说："这一切都是我双手干出来。这是我的岛屿。"

那个曾错过这地方的人，什么话也说不出。

## 斯坦金点评

就在你的脚下干起，开创自己热爱、社会需要的事业！只有经过努力拼搏而创造出来的事业才是最令人自豪的！

# *009*　整治自家的草坪

> 很多时候，我们都在乞求上帝再给我们一次机会，让我们觅得珍贵无比的钻石。所以，我们眼里看到的永远是别处的风景。为什么不着手整治自家的草坪，那里蕴藏着你要找的宝石。

安东尼·罗宾说："作好高骛远、不着边际的追求，不如坚持不懈地挖掘自身的钻石宝藏。只要你不懈地运用自己的潜能，你就能够实现自己的人生理想。"

从前，在非洲，有一个农场主，一心想要发财致富。一天傍晚，一位珠宝商前来借宿。农场主对珠宝商提出了一个藏在他心里几十年的问题："世界上什么东西最值钱？"

珠宝商回答道："钻石最值钱！"

农场主又问："那么在什么地方能够找到钻石呢？"珠宝商说："这就难说了。有可能在很远的地方，也有可能在你我的身边。我听说在非洲中部的丛林里蕴藏着钻石矿。"

第二天，珠宝商离开了农场，四处去收购他的珠宝去了。农场主却激动得一夜未合眼，并马上做出一个决定：将农场以低廉的价格卖给一个年轻的农民，就匆匆上路，去寻找远方的宝藏。

第二年，那位珠宝商又路过农场，晚餐后，年轻的农场主和珠宝商在客厅里闲聊，突然，珠宝商望着书桌上的一块石块两眼发光，并郑重其事地问农民这块石头是在哪里发现的。农民说就在农场的小溪边发现的，有什么不对吗？珠宝商非常惊奇地说："这不是一块普通的石头，这是一块天然钻石！"随后，他们在同样的地方又发现了一些天然钻石。后来经勘测发现：整个农场的地下蕴藏着一个巨大的钻石矿。而那位远方寻找宝藏的老农场主却一去不复返，听说他成了一名气丐，最后跳进尼罗河了。

财富不是仅凭走四方去发现的，它属于那些自己去挖掘的人，属于依靠自己的土地的人，属于相信自己能力的人。

老农场主的失败根源于这样一个事实：他对自身的资源缺乏充分了解，因而也就失去了树立自信的前提。

一百多年前，美国费城的六个高中生向他们仰慕已久的一位博学多才的牧师请求："先生，您肯教我们读书吗？我们想上大学，可是我们没钱。我们中学快快毕业了，有一定的学识，您肯教教我们吗？"

这位牧师名叫 R·康惠尔，他答应教这六个贫家子弟。同时他又暗自思讨："一定还会有许多年轻人没钱上大学，他们想学习但付不起学费。我应该为这样的年轻人办所大学。"

于是，他开始为筹建大学募捐。当时建一所大学大概要花150 万美元。

康惠尔四处奔走，在各地演讲了五年，恳求大家为出身贫穷但有志于学的年轻人捐钱。出乎他的意料的是，五年的辛苦筹募到的钱还不足 1000 美元。

康惠尔深感悲伤，情绪低落。当他走向教堂准备下礼拜的演说词时，低头沉思的他发现教室周围的草枯黄得东倒西歪。他便问园丁："为什么这里的草长得不如别的教堂周围的草呢？"

园丁抬起头来望着牧师回答说："噢，我猜想你眼中觉得这地方的草长得不好，主要是因为你把这些草和别的草相比较的缘故。看来，我们常常是看到别人美丽的草地，希望别人的草地就是我们自己的，却很少去整治自家的草地。"

园丁的一席话使康惠尔恍然大悟，他跑进教堂开始撰写演讲稿。他在演讲稿中指出：我们大家往往是让时间在等待中白白流逝，却没有努力工作使事情朝着我们希望的方向发展。

"我们常常……希望别人的草地就是我们自己的，却很少去整治自家的草地"。我们为什么不整治好"自家的草地"呢?

## 斯坦金点评

上面讲的两个故事，告诉我们生活的最大秘密——在你身上拥有钻石宝藏。你身上的钻石宝藏就是潜力和能力。你身上的这些钻石是足以使你的理想变成现实。你必须做到的，只是更好地开发你的"钻石"，为实现自己的理想，付出辛苦，只有傻子才肯舍弃眼前生活，而另去那个虚无飘渺的远方，作好高骛远，不着边际的追求。

最可贵的宝藏往往不在远方，而在于我们自身。这也就是我们树立自信的客观基石。我们每个人身上都有巨大的潜力等待我们去开发，去利用。

# *010* 惟一找到真金的人

> 生活中处处有金子，对于我们很多人而言，缺少的不是金子，而是发现金子的眼睛。只要我们用心去发掘，用脑去开发，用手去经营，金子永远会属于你。

自从传言有人在萨文河畔散步时无意发现金子后，这里便常有来自四面八方的淘金者。他们都想成为富翁，于是寻遍了整个河床，还在河床上挖出很多大坑，希望借助它找到金子。的确有一些人找到了，但也有一些人因为一无所得而只好扫兴归去。

那些不甘心落空的，便驻扎在这里，继续寻找。彼得·弗雷特就是其中的一位。

他在河床附近买了一块没人要的土地，一个人默默地工作。他为了找金子，已把所有的钱都押在这块土地上。他埋头苦干了几个月，翻遍了整块土地，直到土地全变成坑坑洼洼，可还是连一丁点金子都没看见。最后他失望了。

六个月以后，他连买面包的钱都快没有了。于是他准备离开这儿到别处去谋生。

就在他即将离去的前一个晚上，天下起了倾盆大雨，并且一下就是三天三夜。雨终于停了，当彼得走出小木屋时，发现眼前的土地看上去好像和以前不一样，雨水把土地冲刷得平平整整，松软的土地上还长出一层绿茸茸的小草。

"这里没找到金子，"彼得忽有所悟地说，"但这土地很肥沃，我可以用来种花，并且拿到镇上去卖给那些富人。他们一定会买些花装扮他们华丽的客堂。如果真这样的话，那么我一定会赚许多钱，有朝一日我也会成为富人……"

彼得仿佛看到了将来，他美美地撇了一下嘴说："对，不走了，我就种花！"

于是，彼得留了下来。他花了不少精力培育花苗，不久之后，田地里长满了美丽娇艳的各色鲜花。

他拿到镇上去卖，那些富人一个劲地称赞："噢，多美的花，我们从没见过这么美丽鲜艳的花！"他们很乐意付少量的钱来买彼得的花，以便使他们的家庭变得更加富丽堂皇。

五年后，彼得终于实现了他的梦想——成了一个富翁。

"我是惟一的一个找到真金的人！"他时常不无骄傲地告诉别人，"别人在这儿找到黄金之后便远远地离开，而我的'金子'是在这块土地里，只有诚实的人用勤劳去采集。"

## ◆◆◆◆◆◆◆◆◆ 斯坦金点评 ◆◆◆◆◆◆◆◆◆

对于勤奋者来说，遍地是黄金。任何一项成就的取得，都是与勤奋分不开的。勤奋是点燃智慧的火把，打开幸运之门的钥匙。

# *011* 没丢的钻石手镯

*改善生活的机会随处都有，随时都有！*
*——奥格·曼狄诺*

巴尔的摩有一位妇人，参加舞会时丢了一只贵重的钻石手镯，她以为这只手镯被人从斗篷口袋里偷走了。几年后，她沦落到为人清洗楼梯，整天为养家糊口而殚精竭虑的境地。一天，她想剪开一件破旧不堪的斗篷以便缝制一个头巾，天啊！在斗篷的衬里，她发现了那只钻石手镯。在穷困潦倒之际，她拥有价值3500美元的财产，而自己却一无所知。

许多人认为自己贫穷，实际上他们有许多机会，只是需要他们在自身的种种潜力中，在比钻石更珍贵的能力中发掘机会。据统计，在美国东部的大城市中，至少94%的人第一次挣大钱是在家中，或在离家不远处，而且是为了满足日常、普通的需求。

## ◆━━◆━━◆ 斯坦金点评 ◆━━◆━━◆

看到这个故事，对于那些看不到身边机会，一心以为只有远走他乡才能发迹的人，这不啻是当头一棒！

# *012* 身边的机会

> 幸福和成功并不遥远，并不在彩虹的另一端，
> 而是离你很近，就在你身边。
>
> ——奥格·曼狄诺

一伙巴西牧羊人前往美国加州淘金，并随身带了一把半透明的石子用来在路上玩西洋跳棋。到了旧金山，石子大都被扔掉后，他们才发现这些石子是钻石。于是他们便急忙赶回巴西，可是出产石子的地方早已被其他人占有并出售给了政府。

许多人从别人视而不见的零碎物品中发了大财。正如从同一朵花中，蜜蜂得到蜂蜜，蜘蛛得到毒汁一样。从一些最不起眼的东西，如碎革、棉屑、矿渣和铁屑中，有人创造财富，有人却收获贫穷。大凡有益于人类生活的东西，一套家具也好，一件厨具也好，衣服食品也好，大都能加以改进而使人发财。

其实，机会就在我们的周围。千百年来，闪电一直想引起人类对于电的注意，电可以替我们完成那些枯燥乏味的工作，从而使我们抽出身来开发上帝赋予的能力。潜在的能力到处都有，要由敏锐的眼光来发现。

首先观察世人有何需求，然后去满足这一需求。

一个善于观察的男人发现自己的鞋眼被拉了出来，可是他买不起一双新鞋，于是他想"我要做个可以镶到皮革里的带钩的金属圈"。当时他贫困潦倒，连割房前的草都要向别人借镰刀，

而就靠这项小发明却成了一位富翁。

新泽西的纽瓦克有一位善于观察的理发师，他觉得理发的剪刀有待改进，便发明了理发推子，由此发了大财；缅因州有位男子不得不帮助卧病在床的妻子洗衣服，他感到传统的洗衣方法既耗费时间又消耗体力，便发明了洗衣机，这样他也成了富翁；有一位先生受尽牙痛之苦，心想应该有一种方法把牙塞起来止痛，便发明了黄金塞牙法。

成就大事业或有重大发明创造的人并非财大气粗之辈。第一台轧棉机是在一个小木屋里制造出来的；航海时针的发明者约翰·哈里森在一个旧粮仓里开始了自己的工作；美国第一艘汽船是由费奇在费城一座教堂的祭具室里组装起来的；麦考密克在小磨房里研制出著名的收割机；第一个干船坞模型是在一间阁楼内制作的；位于麻塞诸塞州沃塞斯特的克拉克大学的创办者克拉克靠着在马厩里制作玩具马车开始发财；爱迪生早在做报童时，就已藏在行李车厢内开始了他的实验。

米开朗基罗在佛罗伦萨街边的垃圾堆里捡到一块被人扔掉的克拉拉大理石，这块大理石是被一个不熟练的工人在切割过程中损坏的。无疑也有其他艺术家注意到了这块品质优良的大理石，但因其被损坏，艺术家们都摇头痛惜。只有米开朗基罗看到了这块废弃的大理石中的光芒，并用凿子和锤子创作出人类历史上一件最优秀的雕像——《年轻的大卫》。

帕特里克·亨利年轻时被人视为懒惰的废物，务农、经商均一事无成。后来他学习了六个星期的法律便挂出了营业招牌。在打赢第一场官司后，他终于觉得自己即使在家乡弗吉尼亚也能获得成功。英国当局通过印花税条例后，亨利被选入弗吉尼亚州议会，他提出了反对这一不公平征税的法案。而后，他终于成为美国最出色的演说家。

伟大的自然哲学家法拉第是铁匠的儿子，他在年轻时曾写信给汉佛里·戴维，向他申请在英国皇家学会谋职。戴维就此咨询了一位朋友："这有一封名叫法拉第的年轻人来的信，他一直在听我的课，想让我为他在皇家研究院找个工作，我该怎么办？""怎么办？让他去刷瓶子。他要是能有什么出息，就会立即去干；他要是不会有出息，就会拒绝。"这位年轻人在工作中曾利用抽出来的时间在药房的顶楼内用旧坩埚和玻璃瓶做实验，如今他认为刷瓶子的工作也有机会，而正是这样的机会使他终于成为伍尔维奇皇家学会教授。廷德尔谈起这位年轻人时说："他是人类历史上最伟大的实验哲学家。"

有一个传说，讲的是一位艺术家一直想找一块檀香木用来雕刻圣母像。就在他近乎绝望，以为自己的构思即将落空时，他做了一个梦，梦中他被吩咐用一块烧火用的橡木雕刻圣母像。醒来后他立即照办，用一段普通的木柴创作出一个雕刻史上的杰作。许多人一心想找到檀香木用来雕刻，因此错过了许多宝贵的机会，实际上，我们烧火用的普通木材就可以创作出杰作。

有的人虚度人生，从来看不到成就一番大事业的机会，而有的人却站在旁边，在同样的条件下发掘机会，取得辉煌的成功。

## 斯坦金点评

如果你想致富，你就必须研究你自己和你自己的需要。你会发现千百万人也有同样的需要。一个人，只要满足了人们的某种需要，就可以致富，而且就在他所在的地方致富。

# ·卷 二·

## 铁 窗 外 的 阳 光

命运降临到我们身上的一切，都由我们的心情来确定其价值。

人生道路上的奥秘，不会而且也无法被揭示出来。在罪恶的岩石上每一个旅行者都不免要摔跤。

# *013* 提供打字服务

爱默生曾经说过："缺乏热诚，难以成大事。"

一位受邀前来盐湖城摩门大教堂演讲的人，原本只预计演讲45 分钟，却足足讲了两个多小时还欲罢不能。演讲结束时，在场的一万多名听众起立鼓掌达五分钟之久。

到底是什么精彩的演讲内容，得到这么热烈的回响？他演说的内容，还不及他演说的方式重要。听众是被演说者的热诚所感动，大多数的人们根本记不清楚他说了些什么。

路易士·维克多·艾丁格被判无期徒刑，在亚利桑那州立监狱服刑。他没有朋友，没有律师，也没有金钱。但是他用满腔的热诚，加上有效地运用，使他重获自由。

在服刑期间，艾丁格写信给雷明顿打字公司述说自己的境况，请求公司以赊账的方式，卖给他一部打字机。结果，该公司不只提供了一部打字机，而且免费送给他。

他写信给公司行号，请他们提供促销文稿，由他打字之后再寄回给他们。他的工作非常有效率，赞助性的捐款很快就累积到足以支付律师的费用。纽约一家大型的广告代理商得知他的情形，找到律师协助，使他获得特赦。当他走出监狱时，广告代理商的老板见到他说："艾丁格，你的热诚比监狱的铁窗有力多了。"

公司已经安排好职务等着他。

## 斯坦金点评

"精诚所至，金石为开"这句古老的格言至今仍然历久弥新。你的热诚服务可以像无线电波一样传递给别人，比长篇的大论或华丽的词藻，更有力地传达你的理念，使人认同你的服务价值。

# *014*　囚窗里的杰作

"阶下囚"原是件羞耻的事，但对欧·亨利来说，应该算是幸运的。要是他不曾为阶下囚，哪里会安心写作，并流芳百世？

你听过欧·亨利这个名字吗？也许你已经读过他的作品。他的书籍早已行销了千万册以上，他的著作差不多每个国家都有译本，是历史上最伟大的短篇小说家。可惜他不曾以真名传世，欧·亨利是他的笔名。

受教育太少是他毕生最大的遗憾。他从未进过高等学校，甚至不知道大学到底是什么样子。然而，他所写的故事，倒被许多大学认为是经典的杰作。

身体孱弱也是他私下常常烦闷的，医生还预测他会死于肺痨呢。因此，他离开家乡到泰塞斯去，在那儿牧羊。后来有许多远方的游客要来拜访他的"牧羊场"。他们将汽车停在牧场边后，恭恭敬敬地慢慢踏上欧·亨利当年牧羊的地方。

但最不幸地是，他曾经含冤被捕入狱，并且被判五年徒刑。事情是这样的：

欧·亨利恢复健康以后，放弃了牧羊生活，在泰塞斯一家银行担任会计。不幸，监视人查库的时候发觉钱币短少了，于是，负有保管之责的欧·亨利，就无缘无故地被捕了。尽管他确实未偷一文钱，但他终究难免五年牢狱之灾。

"阶下囚"原是最羞耻的一件事，但对于欧·亨利来说，应该算是"幸运"的。要是他不曾做狱囚，怎么会安心写作而流芳百世呢？

一位监狱长根据他的观察：监狱里的人，几乎都愿意终生从事写作，所以监狱里允许狱囚自由写作。虽然真正成功的很少，可也有许多著名的作家，曾在狱中完成过杰作，那已是无可否认的事实。

随便举些例子：像历史上最著名的花花公子，在鞋上镶宝石，耳上饰珍珠，把新大衣铺在地上，让伊莉莎白女皇踏过的那个谄媚者瓦尔特瑞雪，也曾在狱中写作呢！他为了政治上的原因，也尝过 14 年的铁窗滋味。他在既简陋又污秽窄小的狱中，眼看着墙上净是流不尽的泥水，他的手脚终于因为风湿太重而变得僵硬，但他忍受着一切痛苦，在狱中完成了一部伟大的世界史，到现在还被许多大学和专科学校选为课本。

约翰·白岩曾因传教而被逮捕，坐了 12 年的牢。起初，他为了照顾狱外的妻子和四个可怜孩子的生活，不得不辛勤地编制花边儿，以便换钱贴补家用。但后来，他脑中的伟大思想开始一波波地涌起，使他再也按捺不住，开始在又冷又湿又霉的土牢中进行写作。就此完成了一本惊人巨著，那就是《天路历程》，现在世界各国都有译本，除了《圣经》以外，它是另一本世界上销行最广的书。

塞万提斯的不朽作品《唐·吉诃德》，也是在狱中写成的。此外，伏尔泰，英国文人王尔德，以及尤金尼·代博斯等人，都在狱中有过著作。根据这些，我们也许可以得到这样一个结论：要是你想写一部杰作，最好请你到街上随便打伤一个警察，这样你就有了"入狱"的机会了，但这只是一种假设。

三百多年前的理查·罗维雷斯，也曾被捕进过英国的囚牢，结果在里面他写出了一首不朽的英文情诗，连那监狱也因此而"成名"了。以下就是他寄给爱人的情诗：

### 狱中寄给雅蒂碧

石墙哪能算是监狱？
铁栅未必就是樊笼；
天真无邪的人们，
应该来此隐居片刻；
只要我仍有爱的自由，
谁也不能拘束我的灵魂。
歌颂吧！
仅有天上的天使，
才配享受这样的自由。

◆◆◆◆◆◆◆◆◆ **斯坦金点评** ◆◆◆◆◆◆◆◆◆

人类历史上的冤狱实在不少。几乎哪个国度、哪个朝代，监狱中都有冤魂，同时，也都走出一些杰出伟大的人物。

但好人入狱与坏人入狱是有本质不同的。优秀的人物在任何情况下都可以从事有意义的工作。

# *015* 学会欣赏厄运之美

你是否曾跌倒并不重要，重要的是你是否重新站起。
——威斯·伦巴底

生于尘世，每个人都不可避免地要经历苦雨凄风，面对艰难困苦，保持一种什么样的心态，将直接决定你的人生轨迹。

曾经有两个囚犯，从狱中眺望窗外，其中一个看到的是满目泥土，另一个看到的是万点星光。面对同样的际遇，前者持一种悲观失望的灰色心态，看到的自然是满目苍凉、了无生气；而后者持一种积极乐观的明快心态，看到的自然是星光万点、一片光明，

人生在世，困难、挫折不可避免，关键看你是想战胜它，还是甘愿忍受它的摆布。做出不同的选择将会有不同的命运在等待着你。

有位犹太裔心理学家，第二次世界大战期间，他被关押在纳粹集中营里受尽了折磨。父母、妻子和兄弟都死于纳粹之手，惟一的亲人是他的一个妹妹。当时，他常常遭受严刑拷打，死亡之神随时都会青睐于他。

有一天，他在赤身独处囚室时，忽然悟出了一个道理：就客观环境而言，我受制于人，没有任何自由；可是，我的自我意识是独立的，我可以自由地决定外界刺激对自己的影响程度。后来他发现，在外界刺激和自己的反应之间，他完全有选择如何作出

反应的自由与能力。

于是，他靠着各种各样的记忆、想象与期盼不断地充实自己的生活和心灵。他学会了心理调控，不断磨炼自己的意志。他的自由心灵早已超越了纳粹的禁锢。

在一篇文章中他这样写道：

幸存下来的每个人都有自己的特殊的工作和使命，他人是无法取代的。生命只有一次，不可重复。因此，实现人生目标的机会也只有一次……归根到底，实际上不是你询问生命的意义何在，而是生命正在向你提出质疑，它要求你回答：你存在的意义何在？你只有对自己的的生命负责，才能理直气壮地问答这一问题。

正是这种用心理调控战胜自我，才使这位犹太裔心理学家在生命中最痛苦、最危难的时刻，在精神即将崩溃的临界点，靠自己的顿悟，靠成功的心理调控，不仅挽救了自己，而且挽救了许多患难与共的生命。

其实，在我们的精神活动领域，在我们的日常生活里，在我们的事业中，在我们渴望成功，甚至正在走向成功的道路上，都有一个永恒不变的法则在伴随着我们，那就是：我们是自己命运的主宰，我们是自己态度的主宰。

## ◆◆◆◆◆◆ 斯坦金点评 ◆◆◆◆◆◆

人的一生，或多或少，总是难免有浮沉，不会永远如旭日东升，也不会永远痛苦潦倒，反复地一浮一沉，对于一个人来说，正是磨炼，否则，我们的人生轨迹岂能美好？而如果我们能保持一种健康向上的心态，即使我们身处逆境、四面楚歌，也一定会有"山重水复疑无路，柳暗花明又一村"的那一天。

# *016* 医学博士

珍视你的梦想与憧憬吧，因为它是你心灵的结晶，是你成功的蓝图。

—— 拿破仑·希尔

很多年前，考古学家在发掘埃及古墓的时候，偶然在一片碎木下发现了一些植物种子。经过栽培，3000 年前的种子竟然生根发芽，苗壮成长！而芸芸众生——当他们尚未认识到自己的潜能时——难道会注定要在失败的阴影和绝望的幽暗中终其一生吗？难道我们心怀希望的种子，成功的渴求，就不能冲破逆境与不幸的铁甲吗？看一下合众国际社 1984 年 5 月 23 日播发的这个故事，你也许会从中有所启发。

玛丽·哥罗达小时候学不会阅读和写作，专家们断定她智力迟钝。青少年时期的哥罗达又得到一个绰号："无可救药的家伙"，并被送去教养两年。可就在教养所这个禁闭之地，玛丽开始奋起学习。她每天伏案攻读 16 个小时。老天有眼，她终于拿到了高中毕业证书。

但厄运却接踵而至。离开教养所后她先是未婚先孕，两年后再次怀孕。接二连三的打击几乎摧毁了她好不容易才获得的阅读和写作能力。在父亲的帮助和支持下，玛丽重新振作，将所丧失的东西又追了回来。

在极度拮据的境况下，玛丽投身于慈善事业。最后靠微薄的收入，她收养了七个孩子。这期间她开始学习社区学校的课程，结业后她又考入奥班尼医学院。

1984 年春，俄勒冈州。玛丽·哥罗达·路易斯——她现在已经结婚了——且气度非凡地走入毕业典礼会堂。当她伸手接过那蕴含着她的自信与坚韧的证书时，没人能猜出玛丽心中的万千涟漪。

这一纸证书向整个世界宣告：这里，在这个星球上一处不起眼的地方，站着一个敢于执着于遥远梦想的人，一个向整个世人昭示我们人类非凡卓绝的人——这里站着玛丽·哥罗达·路易斯：医学博士。

（詹姆斯·伊·科纳）

## 斯坦金点评

过去的不如意、不光彩的历史应当葬入坟墓。现在和将来应当是别的样子。

# *017* 卡许找到了"上帝"

> 有一次，一位渴望学习法律的青年写信向林肯求教。林肯回答他说："如果你已下定决定要做律师，事情就已成功一半有余……要时时记住，你自己下定的决心，比任何别的事情都重要。"

为了说明不失志就不会失败，在他的训练班上，戴尔·卡耐基经常讲这样一个故事：

约翰尼·卡许早有一个梦想——当一名歌手。在部队服役后，他买到了自己有生以来第一把吉他。他开始学弹吉他，并练习唱歌，他甚至自己创作了一些歌典。

服役期满后，他开始努力工作以实现当一名歌手的夙愿，可他没能马上成功。没有人请他唱歌，就连电台唱片音乐节目广播员的职位也没能得到。

他只得靠挨家挨户推销各种生活用品以维持生计，不过他还是坚持练唱。他组织了一个小型的歌唱组合在各个教堂、小镇上巡回演出，为歌迷们演唱。

最后，他灌制的一张唱片奠定了他音乐工作的基础。他吸引了两万名以上的歌迷，金钱、荣誉接踵而至。他常常在全国电视屏幕上露面——所有这一切都属于他了。他对自己坚信不疑，这使他获得了成功。

　　然而，卡许又接着经受了第二次考验。经过几年的巡回演出，他被那些狂热的歌迷拖垮了，晚上须服安眠药才能入睡，而且还要吃些"兴奋剂"来维持第二天的精神状态。他开始沾染上一些恶习——酗酒、服用催眠镇静药和刺激兴奋性药物。他的恶习日渐严重，以致对自己失去了控制能力。他不是出现在舞台上而是更多地出现在监狱里了。到了1967年，他每天须吃一百多片药。

　　一天早晨，当他从佐治亚州的一所监狱刑满出狱时，一位行政司法长官对他说："约翰尼·卡许，我今天要把你的钱和麻醉药都还给你，因为你比别人更明白你能充分自由地选择自己想干的事。看，这就是你的钱和药片，你现在就把这些药片扔掉吧。否则，你就去麻醉自己，毁灭自己，你选择吧！"

　　卡许选择了向上的生活。他又一次对自己的能力做了肯定，深信自己能再次成功。他回到纳什维利，并找到他的私人医生。医生不太相信他，认为他很难改掉麻醉药的坏毛病，医生告诉他："戒毒瘾比找上帝还难。"

　　卡许并没有被医生的话所吓倒，他知道"上帝"就在他心中，他决心"找到上帝"，尽管这在别人看来几乎不可能。

　　他开始了自己的第二次奋斗。他把自己锁在卧室闭门不出，一心一意就是要根绝毒瘾，为此，他忍受了巨大的痛苦，经常做噩梦。后来在回忆这段往事时，他说，他总是昏昏沉沉，好像身体里有许多玻璃球在膨胀，然后突然一声爆响，只觉得全身布满了玻璃碎片。当时摆在他面前的，一边是麻醉药的引诱，另一边是他奋斗目标的召唤，结果他的信念占了上风。

　　九个星期以后，他又恢复到原来的样子了，睡觉不再做噩梦。他努力实现自己的计划。几个月后，他重返舞台，再次引吭高歌。他不停息地奋斗，终于又一次成为超级歌星。

◆◆◆◆◆◆◆◆◆ **斯坦金点评** ◆◆◆◆◆◆◆◆◆

只要下决心去做一件事，上帝就会给你力量，成败与否，就看你自己的坚韧程度了。

# *018*　20 美元假钞的代价

值不值得最主要的是在于个人的价值观。

故事发生在 1887 年的一个很小的蔬菜店里。一位 60 岁左右，相貌不凡的绅士买了一些香菜后，递给店员 20 美元并等着找回零头。店员接过钱放入钱匣，接着开始找零钱。突然，她发现拿过菜而弄湿了的手上粘有钞票的墨水痕迹。她惊讶地停了下来，想想该怎么办。经过几秒钟的激烈思考，她认为，作为她的老朋友、老邻居、老顾客——伊曼纽尔·尼戈先生一定不会给她一张假钞。于是她如数找回零钱，伊曼纽尔·尼戈便离开了蔬菜店。

后来，店员还是有些怀疑，便把那张钞票送到了警察局。毕竟，在 1887 年，20 美元不是一个小数目。一名警察确认钞票是真的，另一名则对擦掉了的墨迹大为怀疑。怀着好奇心与责任心，他们持搜查证去了尼戈先生的家里。在他的阁楼上，他们最后找到了一架伪造 20 美元钞票的机器，发现了一张正在伪造的 20 美元钞票。同时，他们也看到了尼戈先生绘制的三幅肖像画。尼戈先生是一名很杰出的艺术家。他熟练地运用名家的手笔，细致地一笔一笔描绘了那些 20 美元假钞。他骗过了几乎每一个人，但最后命运安排他不幸地暴露在一双湿手上。

尼戈被捕后，他的肖像画被拍卖了一万六千多美元，每幅画均超过5000美元。这个故事的可悲之处在于，尼戈几乎用了同样的时间来画一张20美元假钞和一幅价值超过5000美元的肖像画。

无论从什么角度看，这个卓越的天才人物都不应该是一个窃贼。不过，可悲的是他从自己身上偷走的东西最多。如果他合法地发挥自己的才华，他不仅会成为一个富有的人，而且能在此过程中为他的朋友带来无数的快乐和利益。

没有正确的价值观，空有一身才华，不但不能成功，甚至会给自己带来麻烦。

为此，斯蒂芬·柯维指出："追求乐趣而愧对良知的最后代价，在于损失时间、金钱和名誉，而且也让他人心灵受到伤害。背离自然法则且缺乏自知之明，是很危险的。良知是真理与原则的储藏所，也是自然法则的内在监视器。

比缺乏学识更危险的是："拥有丰富学识，却缺少强有力、有原则的人格。人们只注重知识上的发展，而内在人格上却缺少相应的进步，这是最可悲的。"

## ◆◆◆◆◆◆◆◆ 斯坦金点评 ◆◆◆◆◆◆◆◆

一个人的才华与才干如果不是发挥在正面索取上，受害最深的往往是自己。

# *019*　从毒品走私犯到董事长

他在监狱中，用积极的心态，迎接生活对他的
挑战。

## 坏的开始

故事发生在西雅图，那是查理·艾伦·华德出生的地方。早在查理读书时，父亲便和母亲离婚了，后来母亲在他 14 岁时再婚。

查理上学期间半工半读，卖报纸，擦皮鞋。每次和继父发生争执时，母亲都倾向继父。贫穷使他们的家庭愈来愈不快乐，查理的衣服打满补钉，这使他在同龄的孩子面前感到难堪。

等到查理 17 岁时，他逃离了家庭，从此不再和父母联络。他到西部流浪，睡在干草堆里，搭乘货运火车四处打零工，行乞度日。鞋子磨破了，又饿又冷，他和一群无业游民为伍，沾染上了许多恶习。

他几次横渡太平洋，搭船到中国和日本，还到阿拉斯加驾车送信，开采金矿，经过努力他终于积存了一点钱，并在赌轮盘时赢了。

后来他加入军队，掠夺农场，抢夺食物，积累金钱。为了寻

求更好的机会，他离开了军队，可是他却不断地赌博、喝酒，他的同伴都是"危险人物"——地痞无赖、逃兵、赌徒。一年后，查理的银行存款只剩下数千元了。"你不接近那些人，你就不会参与那些非法活动"，查理说："我的错误就是同这些不良家伙搞在一起。我的主要罪恶就是同坏人纠缠在一起。"

他经常到赌场去碰运气，却赌到一文不剩，最后以贩毒的罪名被捕。当时他 34 岁，在莱文渥斯监狱服刑。

## 铁窗之内

查理是第一次入狱。入狱之后，他发誓一定要让自己重获自由。后来他的观念改变了，他想：要停止敌对思想，在监狱中循规蹈矩，成为最受肯定的受刑人。从此，查理的人生彻底改观，他战胜了最大的敌人——他自己，也不再怨恨判他入狱的法官。

是态度改变了查理，他觉得昨日已死，现在是全新的自我。他认为越狱只是愚蠢的做法，于事无补，于是尽量设法让自己安心服刑。一位友善的狱卒告诉他，一个在电厂工作的假释犯，可将在三个月后出狱。

为了进电厂工作并获假释，虽然查理对电一无所知，但他从监狱图书馆借来许多专业书籍，闲暇时便用心苦读。此后，他每天都要读书，在书中求索激励、指导和帮助，直到他 73 岁逝世。

就这样三个月过去了，查理请典狱长给他一次电厂工作的机会。他的态度感动了典狱长，如愿得到了工作。这份工作让查理尝到一些自由的滋味，因为他偶尔需要到监狱的外面工作，修理电器。

入狱第二年，查理继续在夜间苦读，成为电厂管理员，管理150 个人。他对这些人非常友善，尽力帮助他们，他鼓励他们每一个人，把自己的境遇改进到最佳的地步。从而，查理得到狱方及同伴的信任。

## 大的转变

哈伯特·赫斯·毕格罗因为偷税漏税被判刑入狱。他是布朗·布格罗日历公司总裁，当时是该行业在全世界最具规模的公司。遇见毕格罗是查理人生大转变的开始。

"我看到毕格罗先生时"，查理说，"我心里有一个声音在说，这个人可以把你拉出泥潭。"

毕格罗先生入狱时53岁，查理对这个老人十分同情，因为他发现毕格罗的精神濒于崩溃。有一天，他请这位百万富翁抽一根雪茄，陪他聊天。毕格罗担心公司的主管在他入狱期间经营不善，查理便代他安排，找来一部打字机及速记服务，让他利用监狱工作之余的时间口述信件，监督公司的营运。

毕格罗对查理说："你对我太好了，出狱之后，我会到堪萨斯市，我会以你的名义存1.5万美元，等你出狱之后就有钱了。"

查理感谢他的好意，可是他婉言谢绝了这项馈赠。

不久，毕格罗获得假释，他在向查理道别时说："再过一个月你也要出狱了。请你到保罗街我的公司上班，我不会忘了你为我所做的一切。"

## 新的开始

五个星期之后，查理依约到保罗街，毕格罗到车站接他到寓所吃午餐，然后为他安排了住宿。

星期一早上，毕格罗让查理到工厂上班，周薪25美元，负责塑胶原料的送料工作。

微薄的薪水，脏污的工作，毕格罗此举似乎忘记了查理的恩情。查理不以为忤，也不抱怨，他卖力工作，使毕格罗开始思考给他更适当的职务，让他发挥才能，协助公司。

两个月后，查理升任领班。查理的工作效率极高，十分受到赏识，最后，他担任副总裁兼总经理，薪水仅次于总裁。

八个月后，毕格罗过世，董事会指派查理接掌公司，成了公司的董事长。从那时起，公司的营业额从每年不足 300 万美元，突破到 5000 万美元，在同业中独占鳌头。

查理以积极的态度，帮助不幸的人，自己过得安心快乐，同时受到人们的极度尊敬和推崇。最令人敬佩的是，他雇用 500 名获释的男女受刑人，在他的引导和鼓励之下，这些人有了重生的机会。查理的一位好友说："查理高升时，一定会同时提拔许多人。"

这个故事再次证明：当一个人的态度由负面变为正面，整个人生将会随之改观。比份内的工作多做一点，能使人生更上一层楼。此外，逆境之中必定隐藏成功的契机。

最重要的是，查理没忘了自己的不如意，开始帮助别人，他的人生也改善了。他没有忘记自己曾经入狱，他的手链上一直挂着一个牌子，写着他在狱中的编号。

查理·艾伦·华德名利双收绝非奇迹，你也可以用同样的原则获致成功。

## 斯坦金点评

幸好不是每一个人，都面临像查理那样严峻的问题。但在查理的故事中，有一个深刻的教训。那就是，消极的态度往往有传染性，而不良的习惯也有影响力。

让我们每一个人都关怀不幸的伙伴，帮助他们达到人生的最高境界。

　　而且，你所能给予子女们的最大财产之一就是：帮助他们去选择良师益友。

# ·卷 三·

## 犹 太 人 法 则

你们是世界上最伟大的商人群体。

如果说中国五千年历史的智慧都用在官场上了，那么，犹太人把两千年的智慧，都用在了商场上。

犹太人就是靠着商业智慧，而得以成为骄傲富有的世界公民。

# *020*　靠信息抢占先机

　　商场是个机会均等的社会，在相同的条件之下，谁能捷足先登，抢占先机，先发制人，那么，谁就能稳操胜券了。

　　19世纪初，法国和欧洲联军正在艰苦鏖战，战局变化莫测，扑朔迷离，胜负一时难以判断。后来，联军统帅英国的惠灵顿公爵在比利时发起了又一轮新的攻势，但是一开始打得非常糟糕。因此，欧洲证券市场上的英国股票疲软得很。

　　这时，伦敦的犹太人纳坦·罗斯柴尔德为了了解战局走向，专程渡过英吉利海峡，来到法国打探战况。当战事终于发生逆转，法军已成败势之时，纳坦·罗斯柴尔德就在滑铁卢战地上。他立即动身，赶在政府的急件传递员之前几个小时，回到伦敦，调动大笔资金，乘英国股票尚未上涨之际，大批吃进。几个小时后，前方胜利的战报传回伦敦，股价直线上升，几乎在转眼之间，罗斯柴尔德就发了大财。

　　信息来源的渠道则是多方面的，像上面所说的罗斯柴尔德亲自从战场上带回来的信息是独家的情报，更多的信息则来自公众性的媒介，这就需要进行专门的收纳、整理、分析，需要超常的思维，这时，人的素质、眼光就起决定作用了。

　　下面是一个利用公开的新闻、脑筋急转弯似的机智，把一个似乎无用的信息，变为商业机会的例子。

曾担任过美国总统国防委员会顾问，国家原材料、矿物和金属管理委员会主席，国家军火工业委员会主席，美国驻联合国原子能委员会代表的著名犹太实业家伯纳德·巴鲁克，在创业伊始，也是很不容易的。但就是靠他作为犹太人所具有的那种对信息的敏感，使他在一夜之间发了大财。

1898年7月3日晚上，28岁的巴鲁克正和父母一起呆在家里。忽然，广播里传来消息：西班牙舰队在圣地亚哥被美国海军消灭。这意味着美西战争即将结束，这个消息会对股市产生极大影响。

但是这一天正好是星期天，第二天是星期一。按照常例，美国的证券交易所在星期一都是关门的，所以一般人对这个消息都不会有太多的想法。

然而聪明的巴鲁克想到，在伦敦，证券交易所星期一是照常营业的。巴鲁克激动地意识到，他的机会来了，如果他能在黎明前赶到自己的办公室，那么，他就能发一笔大财。

可是在1898年，小汽车尚未问世，而火车在夜间又停止了运行，看来这个想法只能是一个幻想而已。在这个一般人束手无策的情况下，巴鲁克却急中生智，想出了一个绝妙的主意。他立即赶往火车站，租了一列专车。巴鲁克终于在黎明前赶到了自己的办公室，在其他投资者尚未醒来之时，他已经做成了好几笔大交易。

晚年的巴鲁克，他经常充满得意地回忆起自己的这次成功举措，他把这种金融技巧的发明权归于罗斯柴尔德家族。但是，他这次成功又的确与纳坦·罗斯柴尔德不一样，他利用的并不是独家消息，而是公众媒介发布的公开的新闻。因此，在获得信息的时间上，与其他投资者相比，他并不占先手。但是，在如何从这一新闻中分析出对自己有用的信息，并据此做出决断，立即采取相应的动作，巴鲁克又确实占了先手。

## 斯坦金点评

掌握市场信息是赢利的第一要素，正像作战是要先掌握情报一样。信息就是商业情报，想要获利的商人必须耳聪目明。

但更主要的是，要充分利用信息，不失时机地展开有利的行动，化无形的信息为实实在在看得见的钞票。

# *021* 约瑟夫把宝押在了今后

弱者等待机会，强者则创造它。

美国犹太人摩根家族的祖先是160年前后，从英国迁移到美洲来的，传到约瑟夫·摩根的时候，他卖掉了在麻萨诸塞州的农场，到哈特福定居下来。

约瑟夫最初以经营一家小咖啡店为主，同时还卖些旅行用的篮子。这样苦心经营了一些时日，逐渐赚了些钱，就盖了一座很气派的大旅馆，还买了运河的股票，成为汽船业和地方铁路的股东。

1835年，约瑟夫投资参加了一家叫做"伊特纳火灾"的小型保险公司。所谓投资，也不要现金，出资者的信用就是一种资本，只要你在股东名册上签上姓名即可。投资者在期票上署名后，就能收取投保者交纳的手续费。只要不发生火灾，这无本生意就稳赚不赔。

然而不久，纽约发生了一场大火灾。

投资者聚集在约瑟夫的旅馆里，一个个面色苍白，急得像热锅上的蚂蚁。

很显然，不少投资者没有经历过这样的事件。他们惊慌失措，愿意自动放弃自己的股份。

约瑟夫便把他们的股份统统买下，他说："为了付清保险费用，我愿意把这座旅馆卖了，不过得有个条件，以后必须大幅度提高手续费。"

约瑟夫把宝押在了今后。因为他已经看到了保险公司的发展前景。

这真是一次赌博，成败与否，全在此一举。

另有一位朋友也想和约瑟夫一起冒这个险，加上约瑟夫卖掉旅馆的钱，俩人凑了十万美元，派代理人去纽约处理赔偿事项。

结果，从纽约回来的代理人带回了大笔的现款，这些现款是新投保的客户出的比原先高一倍的手续费。与此同时，"信用可靠的伊特纳火灾保险"已经在纽约名声大振。

虽说火灾损失赔偿了十万美元，但这次火灾过后，由于保户的增加及保费的提高，约瑟夫净赚了15万美元。

这个事例告诉我们，在关键时刻看准了而孤注一掷，通常可以化危机为赚大钱的机会。这当然要善于观察分析市场行情，把握良机。机会如白驹过隙，如果不能克服犹豫不决的弱点，我们可能永远也抓不住机会，就只有在别人成功时慨叹："我本来也可以这样的。"

懦弱游移者常常会用没有机会来原谅自己，他们期盼着，机会会像掉在牛顿头上的那个苹果，也砸在自己的头上。但是，对于懦弱游移者，当有一天一个苹果掉在他头上的时候，他也许会怀疑是什么人在开他的玩笑呢。

## ◆◆◆◆◆◆◆ 斯坦金点评 ◆◆◆◆◆◆◆◆◆◆

摩根家族有投机和投资的历史。J·P·摩根的冒险家性格不能不说具有祖先的遗传因子。

# *022* 富豪——○——58亿

> 从零到一的距离，大于从一到一千的距离。
>
> ——犹太格言

　　面对失败，不同的人，有不同的态度：有的人灰心丧气，精神消沉，陷入无穷无尽的自责之中；有的人对自己失去信心，从此对任何事情都犹豫不决；有的人会怨天尤人，为自己的失败寻找种种借口；有的人恼怒不堪，怨恨别人故意与自己过不去，阻挡了他的成功之路……

　　但是，这些有什么用处呢?

　　沮丧地自责只会使自己丧失重新站立起来的勇气和力量，使问题变得更加严重；对自己丧失信心，只能使自己失去更多的反败为胜的机会；一味地怨天尤人会欺骗自己的理智，看不到造成失败的真正原因，导致同样错误的一犯再犯；而恼怒怨恨只能使自己陷入与周围环境更加严重的对立之中……

　　让我们来勇敢理智地面对失败。

　　澳大利亚富豪、JAAT集团公司的一号人物犹太人杰米，在30年前，是一个破产的电动机厂经理，他失去了房子，失去了汽车，他的太太在法院通知杰米去法庭听候破产判决的那天，领着儿子与他离了婚。他失去了维持正常生存所需要的一切。从此，美丽的悉尼市多了一位坐着"睡"在地铁入口处的男人。

　　面对悲惨的命运，杰米没有倒下，他选择了一条任何一位经理都不会走的路：拣破烂生存！

　　每天，杰米都背着拣来的一大袋空可乐瓶去卖。并且每天他都要总结这一天的成功之处，找到这一天需要改进的地方，渐渐地养成了一个良好的生活习惯和工作模式，而且一直保持下来。

　　后来，他用拣破烂换回的 2700 澳元起步，发展成为今天拥有 58 亿个人存款的大富翁。

　　失败说明了什么？它并不证明我们的无能，世界上无数的伟人都曾经有过失败的经历。面对自然和社会，人不可能总是胜者，就像季节不会总是春天。

　　真正的失败只有一种：不敢面对、不敢承认自己的失败。

## 斯坦金点评

　　大富豪能弯下腰来捡"破烂"，在全世界亿万富翁里绝无仅有。精神实在可叹。

　　捡破烂都能认真总结经验，不断改进"丐帮"工作，提高效益，还有什么企业不能经营！

# *023* 巧借时间运筹资金

时间可以使金钱"无中生有"。

南非首富犹太人巴奈·巴纳特刚到伦敦时是一个一文不名的穷小子，他带了40箱雪茄烟到了南非，用雪茄烟做抵押，获得了一些钻石。在短短的几年中，他成了一个富有的钻石商人和从事矿藏资源买卖的经纪人。

巴纳特的赢利有一个呈周期性变化的规律，每个星期六总是他获利最多的日子。其奥秘就是他巧用了一个时间差。

因为星期六这天银行较早停止营业，巴纳特可以尽他自己高兴，用空头支票购买钻石，然后在星期一银行开门之前，将钻石售出，用所得款项在自己的账号上存入足够兑付他星期六开出的所有支票。巴纳特利用银行停业的一天多时间，拖延付款，在没有侵犯任何人合法权益、又不违反法律的前提下，调动了远比他实际拥有的多得多的资金。

### ◆━━━━━ 斯坦金点评 ━━━━━◆

将资金运用到这样高超的程度，可谓精明算计到家啦！

# *024* 智慧与金钱

能赚来金钱的智慧才是真正的智慧。

有则笑话，说的就是智慧与金钱的关系。

两位拉比在交谈：

"智慧与金钱，哪一样更重要？"

"当然是智慧更重要。"

"既然如此，有智慧的人为何要为富人做事，而富人却不为有智慧的人做事呢？大家都看到，学者、哲学家老是在讨好富人，而富人却对有智慧的人露出狂态呢？"

"这很简单，这是因为有智慧的人知道金钱的价值，而富人却不懂得智慧的重要性呀。"

拉比是犹太教的教士，是犹太人生活方面的教师，经常被作为智者的同义词。所以，这则笑话实际上是智者说智。

这则笑话里有一个内在的悖论：有智慧的人，知道金钱的价值，但为何不能运用自己的智慧去获得金钱呢？为何只能靠为富人效力而获得一点赏赐性的酬劳呢？这样的智慧有什么用呢？

当然，犹太商人没有学者之类的智慧，他们并不把学者的智慧看作是真智慧，因为这种智慧不能直接为他们带来金钱。智慧只有和金钱结合在一起才是实在的，不能与金钱结合的智慧是空洞的，没有实际意义的。智慧只等于金钱，除此而外没有智慧。

你要记住：能把死钱变成活钱，能让活钱生钱的智慧，才是真智慧。

把智慧化入金钱之中，智慧就获得了生命；同样，金钱只有与智慧结合在一起，才是有生命的金钱。在这个意义上，智慧与金钱就划上了等号。

## 斯坦金点评

智慧与金钱谁更重要的命题，似乎太深奥了，没有人能说得清楚。仁者见仁，智者见智，愚者见愚。

但对于商人而言，不需要学问的智慧，不需要情感的智慧，也不需要官场与战场的智慧，他们需要的是商场的智慧，即金钱的智慧。

# *025*　这一幢百货大楼就是我的

　　财富是赚来的，而不是靠省吃俭用积攒起来的。

　　犹太商人大都有白手起家的传统，至今世界上有名的犹太富豪中，不少也不过二三代人的历史。但是，他们没有靠攒小钱致富的传统。

　　有一个笑话，说的是一个叫卡恩的人，有一天，他站在一幢大百货公司前面，眼花缭乱地看着橱窗里展示的五光十色的各种商品。这时他闻到了一种很好闻的雪茄味，转脸一看，原来在自己身边，站着一个穿戴得体的绅士，那好闻的味道正是从他手上的雪茄上飘出来的。

　　卡恩恭敬地与那位绅士搭话："先生，您的雪茄味道很香，我想，它一定不便宜吧？"

　　"两美元一支。"

　　"好家伙……您一天抽多少呀？"卡恩有些惊讶。

　　"大约十支吧。"

　　卡恩现在惊讶得合不上嘴了："天哪！您这样抽了多久了？"

"40年前，我就抽上了。"请问："先生，您是为这家烟草公司做调查的吧？"

"不，先生，我只是想计算一下，这40年来您一共抽了多少美元。我想，您如果不是这样抽烟的话，这笔钱足够买这幢百货大厦的了。"

"先生，您也抽烟吗？"

"不，我才不抽呢。"

"那么，请问先生，您买下这幢百货大厦了吗？"

"没有，我哪里有那么多钱。"

"告诉您，先生，这一幢百货大厦就是我的。"

按照一般人的看法，卡恩的想法是对的，并且他也很聪明，能够马上算出来：每支雪茄两美元，每天抽十支，那么40年的雪茄烟钱，足可以买下眼前的这幢百货大厦。他很懂得滴水成河、聚沙成塔的道理，并且能身体力行，从没抽过两美元一支的雪茄。

但是，在这个笑话里，卡恩是被讽刺的对象。为什么呢？因为在犹太人看来，卡恩只能算得上普通人的小聪明，算不上商人的大智慧。

犹太人是一个酷爱智慧的民族，犹太商人也是非常善于以智取胜的商人，而用攒钱的方式积累财富的方式，他们不取。

## 斯坦金点评

聚敛财富无非是两个方面：一是创造，二是节俭。但首先是创造。没有创造，就没有可观的事业。

# *026* 连锁店的先驱

经反复思考的创意结果，带来了一场商业革命。

真正的成功是一个过程，是将勤奋和努力融入每天的生活之中，融入每天的行动之中。

"连锁店"经营方式的先驱卢宾，1844 年出生于俄国加利西亚，父母均是正统的犹太人和犹太教徒。1853 年随家人前往英国，两年后又移居美国，从此全家定居美国，加入了美国国籍，成为美国犹太人。

卢宾是在纽约东区长大的，由于家庭不富裕，在 16 岁那年不得不随当时的大潮流，到美国西部的加利福尼亚州去淘金。历经千辛万苦却没有挣到多少钱。后又转到亚利桑那州去淘金，仍是挣不到几个钱。善于观察和思考的精神使他发现，千千万万的来自四面八方的淘金矿工，他们背井离乡终日在矿区淘金，远离城市街道，没有家人照料，大家必然需要各种日用必需品。于是，他放弃了淘金，做一些小商品的贩卖生意。果然不出他所料，生意满不错，使他赚了一点钱。

随着淘金的逐步冷却，卢宾把自己的生意逐渐转向人口密集的市内，在加州萨克拉门托市开设了服装布匹商店，后来又改行经营首饰珠宝业务，逐步积累了一些资本。

几年经商的实践，卢宾发现传统商店的经营作风既不利于自己的业务发展，又使顾客对商店产生诸多猜疑，影响了消费者的购买欲望。最明显的是售价变化莫测，各店不一，没有一个统一的标准。针对这种普遍现象，卢宾反复思考。他想，如果有一种能突破这种困扰的经营方式，相信会赢得顾客和市场的。

卢宾终于研究出一种经营方式，叫"单一价商店"，并于1874年在萨克拉门托市开业，商店取名为"大卫·卢宾单一价商店"。

所谓"单一价"，即对每种商品固定于一个价格出售，并采取明码标价，让顾客一目了然。由于卢宾这种经营方式货真价实，一扫当时的商业欺骗行为，赢得了广大消费者的信任。因此，生意极为兴隆，把远近的消费者都吸引过来了。

卢宾这一经营方式的出现，给美国商业系统带来了一场大变革，从此，为超级市场的出现开创了先河，很快流行于全美国乃至全世界。

卢宾在"单一价商店"的经营获得成功后，市场需求量逐年增长，于是他又考虑新的突破。他想，"单一价商店"之所以生意好，是因为本商店商誉好，所以连远客也招来了。但这样长此下去会失去远客的，自己应该送货上门，稳住各地的远客。以此循环滚雪球，生意就可越做越大了。

基于这种构想，他不久在旧金山、洛杉矶等地开设"单一价商店"分店，结果生意同样兴旺。这样，"连锁店"经营方式又出现了，这种新型经营法很快流行于世界各地。卢宾由于经营得当，十多年时间使他成了大富豪。

## ◆━━━━◆ 斯坦金点评 ◆━━━━◆

什么叫淘金？从沙子里拣出黄金固然是淘金，但从市场中挣到金钱也是"淘金"。

连锁店生意异常火爆，是卢宾先生对于商家和顾客双方最伟大的贡献。

# *027*　骡子与驴子

予人幸福犹如喷洒香水，喷洒之时自己也会沾上几滴。

——犹太格言

从前有一个驮夫，赶着一只驴一匹骡子，这两只牲口身上都背着很重的东西。那驴子在平路上行走的时候，还不觉得怎样，到了山间陡峭的小路上时，觉得非常吃力，便请求骡子能替它分担一小部分。但骡子理也不理。不久，驴子筋疲力尽，累死在路上。

在这荒山僻野，驮夫没有别的办法，只好把驴子所背的东西都加在骡子身上。骡子叫苦连天，懊悔莫及，它说："我活该受罪，如果在驴子求我之时能稍微帮助它一下，我现在也不至于背着全部东西，压得喘不过气来。"

这个犹太故事说明了互助合作精神的重要性。与人共事，切记"助人即自助"。自私是互助的最大敌人。

## ◆◆◆◆◆◆ 斯坦金点评 ◆◆◆◆◆◆

在有些情况下，帮助别人成功，自己才能成功。至少不会失败。

# $\mathcal{O}28$  留下一件财产

家中的财产岂能给予外人。

这是一则古代犹太寓言。

古时候，有个贤明的犹太商人，他把儿子送到很远的耶路撒冷去学习。但是，他忽然患上了重病，知道来不及与儿子见面了，家中又没有其他的亲人，便在弥留之际立了一份遗嘱，上面写清楚，家中所有财产都转让给一个奴隶，不过要是财产中有哪一件是儿子想要的话，必须让给儿子，但是只限一件。

这个奴隶很高兴自己交了好运，就连夜赶往耶路撒冷，找到死者的儿子尤第雅，向他报丧。办完丧事，那个奴隶找到当地犹太社团的拉比，向他出示了主人的遗嘱，然后同拉比一起去见尤第雅。

说明了情况后，尤第雅就发起了牢骚，说父亲一点也不爱他。

拉比说："根据你父亲的遗书，他留下的财产已经送给了这个奴隶，你只能选取一件东西，现在，你自己选择吧。"

尤第雅毫不犹豫地说："我选择这个奴隶。"

于是，尤第雅既拥有了奴隶，又拥有了财产继承权。

这位父亲知道，如果自己死了，儿子又不在，奴隶可能会带着财产逃走，连丧事也不会去报。所以才把全部财产都送给那奴隶，这样那个奴隶不仅会急着去见儿子，还会把财产保管得好好的。因为奴隶包括财产在内都属于主人。

### ◆◆◆◆◆◆◆◆◆ 斯坦金点评 ◆◆◆◆◆◆◆◆◆

　　处于困境，惟有变通才能保护自己辛勤劳作所创造的财富。

　　世间万物，皆有变通性，而对"全无"换个方法往往变为"全有"了！

# *029* 一年六美分租金

在犹太商人看来，精明也是一种自在之物，精明可以为精明而精明的形式存在。为什么不可以为精明而自得，把精明完全看作是一件堂堂正正，甚至值得大肆炫耀的东西呢？

不知道你是否听人讲过这样一则笑话：

一个犹太人走进纽约的一家银行，来到贷款部，大模大样地坐了下来。

"请问先生，您有什么事需要我帮忙吗？"

贷款部经理一边问，一边打量着来人的穿着：豪华的西服，高级皮鞋，昂贵的手表，还有领带夹子。

"我想借些钱。"

"好啊，您要借多少？"

"一美元。"

"只需要一美元？"

"不错，只借一美元，可以吗？"

"当然可以，只要有担保，再多点也可以考虑。"

"好吧，这些担保可以吗？"

犹太人说着，从豪华的皮包里取出一堆股票、国债等等，放在经理的写字台上。

"总共50万美元，够了吧？"

"当然，当然！不过，您真的只要借一美元吗？"

"是的。"

说着，犹太人从经理手里接过了一美元。

"年息为6%。只要您付出6%的利息，一年后归还，我们就可以把这些股票债券还给您。"

"谢谢！"

犹太人说完，就准备离开。

一直在一旁冷眼旁观的行长，怎么也弄不明白，一个拥有50万美元的人，怎么会来银行借这一美元。他慌慌张张地追上去，对那犹太人说：

"先生，对不起……"

"有什么事情吗？"

"我实在弄不明白，您拥有50万美元，为什么只借一美元呢？要是您想借30、40万美元的话，我们也会很乐意的……"

"请不必为我操心，只是我来贵行之前，问过好几家金库，他们保险箱的租金都很昂贵。所以嘛，我就准备在贵行寄存这些股票和国债，这样租金实在太便宜了，一年只须花六美分。"

这则笑话透露出的精明，不须我们多说了。这正是犹太商人经营风格中最显著的特色之一。

犹太人不会为自己"精明得过分"而不好意思或者羞愧，

相反，他们为拥有这种精明而自豪，为自己有如此精明的念头而洋洋自得。且不管这念头能否实现，光是这念头本身就值得好好欣赏一番了。

在这种自以为得意的表现面前，也许一般人只能是目瞪口呆。他们会奇怪，怎么犹太人会把这种"精明"拿来炫耀，还那么堂堂正正呢！

他们不知道，正是犹太人对待精明的这种坦荡的心态，促进了他们精明盘算能力的发展。反过来，这种不断得到发展完善的精明，使得犹太人在商业经营中永远立于不败之地。

须知，商场如战场，机会稍纵即逝。当其他民族的商人，还在为了自己是否会显得过于精明而瞻前顾后拿不定主意，甚至将那个精明的点子搁置一旁的时候，他们同犹太人的距离就拉开了，他们败在犹太商人手下，也就是必然的了。

## ◆◆◆◆◆◆◆◆ 斯坦金点评 ◆◆◆◆◆◆◆◆

这固然是一个笑话，但这种精明是十分必要的。犹太人比我们一些有几个臭钱就胡花乱花的款爷、富婆们要强得多了。

# *030* 每次都是初交

　　在生意场上，守信是一种基本道德；而谨慎则
能避免因对方的失信给你造成巨大的损失。

　　有个日本商人请一位犹太画家上馆子吃饭。坐定之后，画家便取出画笔和纸张，趁等菜之际，给坐在边上谈笑风生的女主人画起速写来。

　　不一会儿，速写画好了。画家递给日本商人看，果然不错，画得形神毕具。日本商人连声赞美道："太棒了，太棒了。"

　　听到朋友的奉承，犹太画家便转过身来，面对着他，又在纸上勾画起来，还不时向他伸出左手，竖起大拇指。通常画家在估计各部位比例时，都用这种简易方法。

　　日本商人一见这副架势，知道这回是在给他画速写了。虽然因为位置关系看不见他画得如何，还是一本正经摆好了姿势，让他画。

　　日本商人一动不动地坐了约有 10 分钟。

　　"好了，画完了。"画家说。

　　听到这话，日本商人这才松了一口气，迫不及待地凑过去一看，不禁大吃一惊，画家画的根本不是他，而是他自己左手大拇指的速写。

　　日本商人连羞带恼地说：

"我特意摆好姿势，你却作弄人……'

犹太画家却笑着对他说：

我听说你做生意很精明，所以才故意考察你一下。你也不问别人画什么，就以为是在画自己，还摆好了姿势。从这一点来看，你同犹太商人相比，还差得远了。"

这时，那位日本商人终于明白自己错在什么地方：他看见画家第一次画了女主人，第二次又面对着自己，就以为一定是在画他了。

日本商人犯了一个犹太商人不会犯的毛病：以为有了第一次，便会有第二次。

而实际上，在犹太商人的生意经上，明确地写着一条，叫做："每次都是初交"。

## ◆◆◆◆◆◆◆◆ 斯坦金点评 ◆◆◆◆◆◆◆◆

哪怕同再熟的人做生意，犹太人也决不会因为上次的成功合作，而放松对这次生意的各项条件、要求的审视。他们习惯于把每次生意都看作一次独立的生意，把每次接触的商务伙伴都看作第一次合作的伙伴。这样做，就不会因自己对对方的先入之见而掉以轻心。

# *031* 先亏后赢

*不要放弃长远利益而让目前状况所左右。*

犹太实业家路德维希·蒙德学生时代曾在德国海德堡大学同著名的化学家布恩森一起工作，发现了一种从废碱中提炼硫磺的方法。后来他移居英国，将这一方法带到英国，几经周折，才找到一家愿意同他合作开发的公司。结果证明他的这个专利是有经济价值的。蒙德由此萌发了自己开办化工企业的念头。

他买下了一种利用氨水的作用使盐转化为碳酸氢钠的方法，这种方法是他一起参与发明的，当时还不很成熟。蒙德在柴郡的温宁顿买下一块地，建造厂房。同时，他继续实验，以完善这种方法。实验失败之后，蒙德干脆住进了实验室，昼夜不停地工作。经过反复而复杂的实验，他终于解决了技术上的难题。

1874 年厂房建成，起初生产情况并不理想，成本居高不下，连续几年，企业完全亏损。同时，当地居民由于担心大型化工企业会破坏生态平衡，拒绝与他合作。

犹太人在逆境中坚韧的性格帮助了蒙德，他不气馁，终于在建厂六年后的 1880 年取得了重大突破，产量增加了三倍，成本也降了下来。产品由原先每吨亏损五英镑，变为获利一英镑。当时的英国，工厂普遍实行 12 小时工作制，工人一周要工作 84 小时。蒙德做出了一项重大决定，将工人工作时间改变为每天八小时。但事实证明，工人每天八小时内完成的工作量与原来的 12 小时一样多，因为他们的积极性非常高涨。

这时，工厂周围居民的态度也发生了转变，争着进他的工厂做工，因为蒙德的企业规定，在这里做工，可获得终身保障，并且当父亲退休时，还可以把这份工作传给儿子。

后来，蒙德建立的这家企业成了全世界最大的生产碱的化工企业。

## ◆◆◆◆◆◆◆◆◆◆ 斯坦金点评 ◆◆◆◆◆◆◆◆◆◆

先亏后赢，的确需要胆量，更需要实力的支撑，否则，就容易导致失败。

当然，这更要把握住市场的发展前景。

# *032* 利用对手的弱点

> 不劳而获的贪欲之心，使人野心膨胀，忘记自我，到头来会受到贪欲的惩罚，而两手空空，甚至处于更加窘迫的境地。

"知己知彼，百战百胜。"不管是在战争还是在生活中，充分了解对手，找到并利用他的弱点，就能够达到自己的目的。

古时候，有个犹太商人来到一个市镇跑买卖。他打听到几天之后这里将有特别便宜的商品出售，于是决定暂时留下来。可是，他身边带了不少金币，当时又没有银行，走到哪带到哪，又重又不方便，还很不安全。

于是，他一个人悄悄来到一个僻静之处，瞧瞧四周无人，就在地里挖了一个洞，把钱埋藏起来。可是，等第二天他回到原地一看，却大吃一惊：钱不见了。他呆呆地站在那里，再三地回忆，昨天确实没有人看到自己埋藏金币，为什么会不见了呢？他百思不得其解。

就在这时，他无意中一抬头，发现远处有一间房子，房子的墙上有个洞，正好对着他埋钱的地方。他突然想到，会不会是住在这房子里的人，刚好从墙洞里看见自己埋钱，然后才挖走的呢？如果事情确实如此，怎样才能把钱要回来呢？

这个犹太商人打定主意，来到屋前，见了住在里面的一个男人，客气地问道："你住在城市里，头脑一定灵活。现在我有一件事要请教，不知行不行？"

那人一口答应道："请尽管说。"

商人接着问道："我是外乡人，特地到这里来办货，身上带两个钱包，一个放了 500 个金币，另一个放了 800 个金币。我已把小钱包悄悄埋在没人知道的地方。现在的问题是，这个大钱包是埋起来比较安全呢，还是交给能够信任的人保管比较安全？"

房子的主人回答说："要是我处在你的位置的话，什么人我都不信任。也许我会把大钱包同小钱包埋在一个地方。"

等商人一走，这个贪心不足的人马上拿出挖来的钱包，又去埋在原来的地方。可他抬脚刚走，守候在不远处的商人马上回来，挖起钱包，500 个金币一个不少地回到了他手里。

这个商人确实手段高明。他知道，偷儿之所以偷窃别人的东西，就是因为有一种贪得之心，而贪得之心自然是可得之物价值越大，心也越大的。所以，尽可以借其贪得之心，让他自己吐出已得之物，也算给他个教训。

## 斯坦金点评

犹太商人在商战中总能出奇制胜，所谓"奇"其实很简单，那就是他们善于利用对手的弱点。

# *033*　三 只 蛤 蟆

什么是逆境？逆境无非是人遭受了挫折或不顺利的时候。在人的一生中，这种境况大概谁都会碰到几次，问题是我们应该怎样对待它。

逆境也许是社会的一种选择机制，目的是看你能不能通过逆境的考验，从而实现优胜劣汰。优秀人才往往是从逆境中脱颖而出，就此走向事业和人生成功的坦途。因此，逆境常常是成为人生的一个分水岭，有的人就此销声匿迹，有的人从逆境中崛起，其人生和事业就此进入了一个全新的境界，呈现出全新的局面。

有这样一则犹太寓言：

有三只蛤蟆不小心掉进了鲜奶桶里。

第一只蛤蟆说："这是神的意志。"于是，它盘起后腿，等待着。

第二只蛤蟆说："这桶太深了，没有希望了。"于是，它淹死了。

第三只蛤蟆说："糟糕，怎么掉到鲜奶桶里了，可我的后腿还能跳。"于是，它奋力地往上跳起来。它一边在奶里划，一边跳，慢慢地，它觉得自己的后腿碰上了硬硬的东西，原来是鲜奶在蛤蟆后腿的搅拌下，渐渐地变成奶油了。凭着奶油的支撑，这只蛤蟆奋力一跳，出了奶桶。

## ◆ 斯坦金点评 ◆

寓言说的是三种人对待厄运的三种态度：

第一种态度，等待时机，不争取，也不消沉。属于平庸者。这是大多数人。

第二种态度，消极绝望，属于失败者。比较少。

第三种态度，奋力抗争，属于成功者。是少数精英。

# *034*  一加一大于二

> 一个精明的商人，看问题的角度也是多方面的。

在奥斯维辛集中营，一个犹太人对他的儿子说："现在，我们惟一的财富就是我们的智慧。记住这样一句格言：当别人说一加一等于二的时候，你应该想到大于二。"

纳粹在奥斯维辛毒死了 53.6 万人，这对父子却活了下来，真不知是出于侥幸，还是因为他们懂得一加一大于二的原理。

1946 年，父子二人来到美国，在休斯敦做铜器生意。一天父亲问儿子一磅铜的价格是多少？儿子答："35 美分。"

父亲说："对，整个得克萨斯州都知道每磅铜的价格是 35 美分，但作为犹太人的儿子应该说 35 美元。你试着把一磅铜做成门的把柄看一看。"

20 年后，那位父亲死了，儿子独自经营铜器店。他做过铜鼓、瑞士钟表上的簧片、奥运会的奖牌。他曾把 1 磅铜卖到 3500 美元，不过，这时他已是麦考尔公司的董事长。

然而，真正使他扬名的，并不是他的铜器，而是纽约州的一堆垃圾。1974 年，美国政府为清理给自由女神像翻新扔弃的废料，向社会广泛招标。由于美国政府出价太低，过了好几个月都没人前来应标。

正在法国旅行的他听说了这件事，立即乘飞机赶往纽约，看过自由女神像下堆积如山的钢块、螺丝和木料，他喜出望外，未提任何条件，当即就签字包揽了下来。纽约的许多运输公司为他的这一愚蠢举动暗自发笑，因为在纽约州，对垃圾的处理有严格的规定，弄不好就要受到环保组织的起诉。

就在一些人要看这个犹太人的笑话时，他开始组织工人对废料进行分类。他让人把废铜熔化，铸成小自由女神像，用废水泥块和木头块加工成底座，把废铅、废铝做成纽约广场型的钥匙挂，最后他甚至把从自由女神像上扫下的灰尘都包装起来，出售给花店。

不到三个月的时间他让这堆废料变成了 350 万美元现金，使每磅铜的价格整整翻了 1000 倍。

## ◆◆◆◆◆◆◆◆ 斯坦金点评 ◆◆◆◆◆◆◆◆

在商业化社会里，是没有等式可言的。当你抱怨生意难做时，也许有人正因点钞票累得气喘吁吁。这里面的差别可能就在于，你认为一加一永远等于二，他则认为一加一应该大于二。

# *035* 一次机会，两头赢利

　　犹太商人在其经营活动中，不仅追求高产出，而且追求一次或一项投入，可以有多次或多项产出。

　　1844 年，德国维尔茨堡的一个牛贩子的儿子亨利·莱曼移民到了美国。他在南方做了一段时间长途贩运的商人之后，就随同后移居美国的两个弟弟伊曼纽尔和迈耶，一起在亚拉巴马定居下来，当上了杂货商。

　　亚拉巴马是一个产棉区，农民手里多的是棉花，但缺乏现金，所以宁可用棉花来交换日用杂货。莱曼兄弟与其他杂货商不同，他们对这种"物物交换"的古老方式特别感兴趣，积极鼓励农民用棉花代替货币。

　　这种做法，看上去与犹太商人"现金第一"的经营原则不符，但是莱曼兄弟肚子里的那本账却算得很清楚：以棉花交换日用杂货的买卖方式，不仅有利于吸引那些一时手里没有现金的顾客，扩大销售。而且在以物易物时，由于自己处于主动地位，有利于操纵棉花的交易价格。另外，经营日用杂货本来需要进货运输，现在趁空车进货之际，顺便把棉花捎去，岂不等于省了一笔运输费？

　　这种经营方式，用莱曼兄弟的话来说，叫做"一笔生意，两头赢利"。

到了 1887 年，莱曼兄弟已经在纽约的证券交易所里取得了一个席位，成为一个"果菜类农产品、棉花、油料代办商"，从此走上了大规模发展的道路，直至成为一家美国著名的犹太银行，年利润可达 3500 万美元。

商业经营中的理性计算，是一个合理追求效率或者叫做投入产出比的问题。算到底，看的就是同样的投入能有多大的产出。

美术商贾尼斯在对待顾客方面，特别注意招徕潜在的顾客买主，特别是那些公关学校或大学中的女孩子。因为这些女孩子即将步入社会，一旦培养出她们对现代美术的兴趣，那么，不仅她们会经常光顾，将来她们还会说服自己的丈夫来购买美术品。

还有一个成功的例子：

说的是在中法战争前后的中国上海，早先南京路的热闹地段，只有从外滩到河南路一带。过了河南路，多半是一些简陋的平房了。到了现在的西藏路一带，地方虽然还在租界之内，却已经是空旷荒凉的"边区"了。因为，当时上海的老沙逊商行和其他地产商，只注意在沿黄浦江一带收购土地。

这时候，在上海，有个新近崛起的叫做哈同的犹太商人，他别具慧眼，认为"南京路居虹口南市之中，西接静安，东达黄浦江，览其形势，定为全市枢纽，其繁盛比为沪滨之冠。"于是，他便打通巡捕房头目的路子，用极低的价格，把南京路上从河南路到西藏路一带的地皮大批地购买下来。

中法战争之后，为了使这些地皮迅速增值，哈同向"工商局"表示，为了加快南京路的发展，他个人愿意出 60 万两白银，把南京路全部用一种"铁藜木"铺成一条平坦的马路。他用了几百个工人，花了几个月时间，先把铁藜木裁成约两寸的小块，浸透沥青，然后细细地拼成平路，再喷上一层薄薄的柏油。据说，当时一共铺了几百万块这样的木头，每块木头价值六七角钱。铁藜木是一种非常坚硬的木材，非常少见，用木头铺路，更是闻所未闻，一下子便轰动了上海。哈同又不失时机地大肆宣传，说铁藜木铺的路，平坦而有弹性，走在上面感觉特别舒适，如果下了大雨，水马上就会被吸干。

这样，不仅哈同在上海马上成了一个家喻户晓的名字，南京路也吸引了大批的投资者，而在哈同名下的地皮也身价百倍。

### 斯坦金点评

做生意要一石二鸟，一石千浪。一就是一、二就是二，太死板了，从一应当看到二甚至更多。

# *036* 及时断念

在经营活动中，犹太人能忍耐的性格是闻名天下的。但是，忍耐是基于合算和有发展前途的事物和买卖，当发现不合算或没有发展前途的，不用说几年，哪怕是几个月，犹太人也不会等待下去。

英国犹太人詹姆士原来沾染了恶习，像个花花公子，在把父亲给他的一笔财产花光以后，生活也难以为继时，才觉醒要努力工作，决心从头做起。

他从哥哥那里借来一点钱，自己开办一间小药厂。他亲自在厂里组织生产和销售工作，从早到晚每天工作 18 个小时，把工厂赚到的一点钱积蓄下来扩大再生产。几年以后，他的药厂办得有点规模了，每年有几十万美元盈利。

但灵敏的詹姆士经过市场调查和分析研究后，觉得当时药物市场发展前景不大，又了解到食品市场前途光明。世界有几十亿人口，每天消耗大量的各式各样的食物。

经过深思熟虑后，他毅然出让了自己的药厂，再向银行贷得一笔款，买下"加云食品公司"的控股权。

这家公司是专门制造糖果、饼干及各种零食的，同时经营烟草，它的规模不大，但经营类别不少。詹姆士对该公司掌控后，在经营管理和营销策略上进行了一番改革。他首先将生产产品规格和式样进行扩展延伸，如把糖果延伸到巧克力、香口胶等多品种；饼干除了增加品种，细分儿童、成人、老人饼干外，还向蛋糕、蛋卷等发展。这样，使公司的销售额迅速增长。

接着，詹姆士在市场领域里下功夫，他除了在法国巴黎经营外，还在其他城市设立分店，以后还在欧洲众多国家开设分店，形成广阔的连锁销售网。

随着业务的增多，资金变得雄厚，詹姆士又随机应变，把英国、荷兰的一些食品公司收购，使其形成大集团，名声鹊起。

詹姆士的成功，正是得益于他当初对小药厂经营前途不佳的理智分析，及时断念，转向食品行业。可见，适时放弃也是商业经营中的一种高级智慧。

## 斯坦金点评

做生意有进有退，灵活多变，才能适应市场。这同我们所说的"灵活机动的战略战术"同理。

# ·卷 四·

# 自尊与自信

如果你想受人尊敬，那首要的一点就是你得尊敬你自己。只有这样，只有自我尊敬，你才能赢得别人的尊敬。

一个人如自渐形秽，那他就不会成为一个成功者。同样，如果他不觉得自己聪明，那他就是一个愚笨的人。

# *037* 自尊不容侵犯

　　　　你不能阻止悲伤之鸟飞过你的头顶，但你能阻
　　止它们在你的头发里筑巢。

　　　　　　　　　　　　　　　　　——格　言

　　自尊心的主旨是使你自已瞧得起自己，这是一种强大的意志力量，这种意志在推动着人们，激励着人们的斗志和潜能，它使人驱赶走了胆怯、犹豫、懈怠和软弱，它使人增添了勇气、魄力、敏捷和强健。

　　在 1985～1986 赛季结束时，乔丹的左脚受了一点儿轻伤，公牛队经理克劳斯对乔丹说："你是公牛队的财产，我们有权告诉你，你可以做什么和不可以做什么。"

　　这一句话足以冒犯乔丹神圣的个人原则，他非常生气，但是，良好的个人修养使得他控制了自己的脾气。

　　他在自传中说："他们说，如果我去参加任何比赛，他们将处罚我。我回答说：'你们不能控制我的时间，夏季是我的时间，每年八个月我为公牛效力，但我不是任何人的财产。'几周后，他们听说我要去拉斯维加斯参加一场球赛，当我到拉斯维加斯后，克劳斯送来了一个小条说：我们知道你不会参赛，但如果你参赛，我们将处以最高的罚金。我非常恼怒。我到场上一看，见到克劳斯一帮人正在前排座位上，他们是要监视我。这时，北

卡罗莱纳队正在更衣室更衣，我走进更衣室说道：'给我球衣。'"

乔丹继续写道："我从来不是为金钱而打球的。但对某些人而言，钱永远是一个问题，"对杰里·劳恩斯（公牛队老板）而言，钱永远是一个问题。

"他不知道的是我的自尊心，他不能触犯的正是我的自尊心。我有我的自尊心，不管人们说什么或做什么，都不能改变我的自尊心。"

自尊心是一种美德，是促使人不断向上发展的一种原始动力。在生活行为中，最有用的确是莫过于一种适当程度的骄傲，因为这种骄傲属于一种自尊，它能使我们感到自己的价值，并且使我们对一切计划和事业都有一种信心和信念。

自尊、自重和自爱，把乔丹和其他行为放纵的 NBA 球员区别开来，并赢得世人的尊敬。可以说，强烈的自尊心是乔丹最神圣的个人原则。

假如一个人没有自尊谁会尊重他呢？为他喝彩？一个有理想、有价值的人，拥有自尊，也同时就拥有了自爱和自重，因为，他们是你人生个性的一个标记。

## 斯坦金点评

自尊是人对外的一种门面，可说是一种招牌，没有自尊的人很难在社会上立足，别人也会看不起他，自尊是对自己人格的一种保护。

# *038* 相信你自己

> 跋涉在沙漠中，我们应该相信绿洲；颠簸在浪涛之上，我们应该相信彼岸。别人可以不相信我们，我们不能不相信自己。相信自己，再给自己一次机会，你就会成功。

威尔逊在创业之初，全部家当只有一台分期付款赊来的爆米花机，价值50美元。

第二次世界大战结束后，威尔逊做生意赚了点钱，便决定从事地皮生意。如果说这是威尔逊的成功目标，那么，这一目标的确定，就是基于他对市场需求预测充满信心。

当时，在美国从事地皮生意的人并不多，因为战后人们一般都比较穷，买地皮修房子、建商店、盖厂房的人很少，地皮的价格也很低。

当亲朋好友听说威尔逊要做地皮生意，几乎是异口同声地反对。

而威尔逊却坚持己见，他认为反对他的人目光短浅。他认为虽然连年的战争使美国的经济很不景气，但美国是战胜国，它的经济会很快进入大发展时期。到那时买地皮的人一定会增多，地皮的价格会暴涨。

于是，威尔逊用手头的全部资金再加一部分贷款在市郊买下很大的一片荒地。这片土地由于地势低洼，不适宜耕种，所以很少有人问津。可是威尔逊亲自观察了以后，还是决定买下了这片荒地。他的预测是，美国经济会很快繁荣，城市人口会日益增多，市区将会不断扩大，必然向郊区延伸。在不远的将来，这片土地一定会变成黄金地段。

后来的事实正如威尔逊所料。不出三年，城市人口剧增，市区迅速发展，大马路一直修到威尔逊买的土地的边上。

这时，人们才发现，这片土地周围风景宜人，是人们夏日避暑的好地方。于是，这片土地价格倍增，许多商人竞相出高价购买，但威尔逊不为眼前的利益所惑，他还有更长远的打算。

后来，威尔逊在自己这片土地上盖起了一座汽车旅馆，命名为"假日旅馆"。由于它的地理位置优越，舒适方便，开业后，顾客盈门，生意非常兴隆。从此以后，威尔逊的生意越做越大，他的假日旅馆逐步遍及世界各地。

## 斯坦金点评

威尔逊的经历告诉我们：能否坚持自信与人生的成败息息相关。你自信能够成功，成功的可能性就大为增加。你如果自己心里认定会失败，就永远不会成功。没有自信，没有目的，你就会俯仰他人，一事无成。

# *039*　埋葬"我不能"

> 胜人者有力，
> 自胜者强。

　　唐娜所带的小学四年级和我以往所看过的差不多。教室里，学生坐了五排，每排有六个位子。而老师的桌子则放在教室的最前面，面对着学生。公布栏上贴着学生的作业。大体看起来，是个典型的小学生教室。但我第一次走进时，总觉得有些不寻常，仿佛有件伟大的事情要发生。

　　唐娜是密西根小学的资深老师，再有两年便要退休了。她志愿参加我所组织策划的全市教职员在职训练。这个训练主要是借着一些表达的方式来鼓励学生，对自己有信心，进而爱惜自己的生命。唐娜的工作则是借着参与训练进而将这些理念实现。至于我所要做的则是去访查并鼓励这些活动。

　　我在班级后面的一个空位子坐下来。每个学生都乖乖地坐在位子上，绞尽脑汁在纸上写着。有个小朋友偷偷告诉我，她在纸上填写所有她自认"做不到"的事情。

　　她的纸上写着："我无法将足球踢过第二条底线、""我不会做三位数以上的除法、""我没办法让黛比喜欢我。"她非常认真地填写，即使已写了半张纸，她仍旧没有停下来的意思。

　　我沿着各排巡视每个学生，每个人都在纸上写下他们所不能做的事。诸如：

"我没法做十次仰卧起坐。"

"我发球无法超过前边的球网。"

"我不能只吃一块饼干就停止。"

此时，整个活动引起我的好奇心，所以，我决定去看看唐娜在做些什么。我接近她的时候，发现她也忙着填写。我想还是不要打扰她的好。

"我无法让约翰的母亲来参加家长会。"

"我无法不用体罚好好管教亚伦。"

在我心里是反对学生和老师如此专注于消极的一面，而不去看积极的那一面，诸如："我能做"这一类的。但我仍回到后面的位子，坐下来继续观察。学生大约又写了十分钟。大部分填满了一整张纸。甚至有人开始了下页。

唐娜告诉学生，完成现在写的这一张。并指示学生将纸对折，交到前面来。学生依序来到老师的桌子前，把纸张投入一个空的鞋盒内。

把所有学生的纸张收齐之后，唐娜把自己的也投进去。她把盒子盖上，塞在腋下，带头走出教室，沿着走廊走。学生跟着老师走了出去，而我则尾随其后。

走到一半，整个行列停了下来。唐娜进入守卫室，找寻铁铲、铁锹。她一手拿着盒子，另一只手拿着铁锹，带领大家到运动场最远的角落边。大家开始挖了起来。

原来，他们打算埋葬"我不能"。整个挖掘过程历时十分钟，因为每个孩子要轮流挖。直到洞有三尺深的时候，他们将盒子放好，立刻用泥土把盒子完全埋葬。

31个十多岁的小孩，围绕着这刚埋好的"墓地"，里面埋着所有每一个"力不能胜"的事情，这些"我不能"被他们深深地埋藏在三尺的泥土下。

此时唐娜开口了："小朋友，现在手牵手，低头默哀。"小学生们很快地牵手围绕墓地成了一个圆圈，低下头来等待。唐娜则念出一段悼词。

"各位朋友，今天很荣幸能邀请各位来参加'我不能'先生的葬礼。他在世的时候，参与我们的生命，甚至比任何人影响我们还深。他的名字，我们几乎天天挂在嘴边，出现在各种场合：如学校、市政府、议会甚至白宫。"

"现在，希望'我不能'先生能平静安息，并为他立下墓碑，上面刻着墓志铭。死者已矣、来者可追，希望您的兄弟姐妹：'我可以'、'我愿意'能继承您的事业。虽然他们不如您来得有名、有影响力。如果您地下有知，请帮助他们，让他们对世界更有影响力。愿'我不能'先生安息，也希望他的死能鼓励更多人站起来，向前迈进。阿门！"

听完这段悼词之后，我想孩子们是永远不会忘记这一天的。这个活动是这样具有象征性，这样意义深远。这个特别的正面鼓励将深深地刻在每个孩子的心上。

写上"我不能"，埋葬它、聆听悼词。老师完成了大部分的活动，但现在还没结束。她带领学生回到教室。

大家一齐吃饼干、爆米花、果汁、庆祝他们越过了"我不能"的心结。唐娜则用纸剪下墓碑形状，上面写着"我不能"，中间加上"安息吧！"再把日期填上。

这个纸墓碑挂在唐娜的教室里。每当有学生无意说出："我不能……"这句话的时候，唐娜只要指着这个象征死亡的标志。孩子们便会想起"我不能"已经死了，进而想出积极的解决方法。

我不是唐娜的学生，事实上她是我教出来的学生。但从这次的活动，我从她身上学到一个永久不变的功课。

直到如今，只要我听到有人说："我不能……"我的脑中立刻浮现出那个葬礼的情景。和小朋友们一样，我会记起"我不能先生"已经死了。

（其克·默门）

## ◆◆◆◆◆◆◆◆◆ 斯坦金点评 ◆◆◆◆◆◆◆◆◆

人类思想所能达到的地方，没有"我不能"存在。所谓不能，只是努力程度不够，或者需要时间的推移。

# *040* 举手女孩儿

　　　　把手举过头顶，让其他人看到你想说话的欲
望，看似一件很简单的小事，但却是打开心灵之门
的最好的钥匙。

　　有位心理学家，在他的小女儿第一天上学之前，教给她一个
诀窍，足令她在学习和生活中无往不利。

　　他把女儿送到学校门口，在女儿进校之前，告诉她，在学校
要多举手，尤其是想上厕所的时候记得举手。老师提问时，她总
是第一位举手的学生。

　　日子一天天过去，老师对这个不断举手的小女孩，自然而然
印象极为深刻。不论她举手发问，或是回答问题，总是让她优先
发言。而因为积累了许多这种不为人所注意的举手发言习惯，竟
然令小女孩在学习的进度上，以及自我肯定的表现上，甚至于其
他许多方面的成长，大大超过其他的同学。

　　多多举手，正是心理学家教给女儿在生活中的最有利的
武器。

## ◆━━━◆ 斯坦金点评 ◆━━━◆

良好的性格和习惯要在小事上培养。

# *041* 赈济早餐

> 我已经学会尽可能小心地使用"不可能"一词。
> ——温何·花·布劳恩

两三年前，一次经历影响了我的人生信仰，以至于永远改变了我对世界的看法。那时我参与了一个名为"生命之泉"的组织，这个组织意在开发人的自身潜能。我和其他50人一起接受了为期三个月的"领导才能工程"的培训。某周的例会上，大家提出了一项富有挑战性的举措——为洛杉矶市1000名无家可归者提供一次早餐。此外，还要募集一些衣物来分发给他们。最关键的是，我们不能自掏腰包，不能动用自己的一分钱。

可是，我们中没有一个人在餐饮业或类似行业里工作，我的第一个反应就是："哎呀，这不是勉为其难吗？"然而，我们还是被要求在周六上午做好这一切。现在已经是周四了，我更加感觉做成这件事简直是太不可能了，我想不光是我一个人如此认为。

环顾四周，我看到50张板得紧紧的、好像刚刚擦过墨汁的脸孔。没有一个人对怎么着手这项工作有一点头绪，然而更意想不到的是——竟然没有人站出来表态服输，于是，我们只好硬着头皮说："是，可以，我们一定能做到，没问题！"

接下来一个人提议道："那好，我们要分一下组。一组去搞食物，一组去搞厨具。"又有一个人说："我家有台卡车，可用来拉东西。"

"太棒了！"我们叽叽喳喳地叫起来。

又有人补充道："还要一组负责招待和募集衣物。"我还没来得及多想，就被任命为联络组组长了。

凌晨两点钟的时候，我们列出一个单子，记录了所能想到的应做的每件事，然后把任务分配给每个小组，所有事情安排完后我回家小睡一会儿。我记得我把头搁到枕头上时还在念叨："上帝，我简直不知怎么办才好，一点头绪都没有……但是我们要全力拼一下。"

早上六点钟时，我被闹钟吵醒，几分钟后，两名组员来了。我们三个人要和组里其他人要试着在 20 个小时之内为 1000 名无家可归者提供早餐。

我们翻出电话号码簿，给我们列出的每一个也许能帮上忙的人打电话。我第一个电话打给范恩合作总社。听完我的说明，那边告诉我说，他们必须递交一份要求供给食物的书面材料，而且需要两周才能获准通过。我耐心地解释说我们等不了两个礼拜，我们需要当天弄来，最好在天黑之前弄到。那个部门经理说她一个小时后给我回话。

我又给西贝格尔公司打电话，重申了我们的要求，那位老板欣然同意，真让人喜出望外。我们一下有了 1200 个过水面包圈。等给扎基农场打电话想从那里搞到些鸡肉和鸡蛋时，我的话机响了，同伴告诉我说，他在汉森果汁公司搞到了一卡车新鲜的胡萝卜汁、西瓜汁及其他种类的鲜果菜汁，汉森公司愿意把它们捐赠出来。

一个小时之后，范恩合作总社的部门经理回电话说她为我们搞到了各类食品，包括 600 个面包。10 分钟后又有人打来电话说他们打算捐献 500 个玉米煎饼。实际上，每 10 分钟都有一个组员打来电话告知他搞到了多少多少的东西。"哦，难道我们真能把这桩事办好吗？"我不禁想。

18个小时后，我在半夜时开车到翁绍尔面饼圈公司去拉800个面饼圈。我把它们小心地码在客货两用车车厢的一边，这样就有地方去装那1200个过水面包圈（我已定好五点钟内去拉它们）。

休息了几个小时后，我跳进车里，在西贝尔格公司的催促下，去装那些过水面包圈（这时候我的车子闻起来像个面包炉）。回到洛杉矶的时候，已经是周六凌晨了。5时45分，我把车子开进停车场，看到组员们在搭设工作炉，给氢气球充气，设置简易厕所——能想的我们都想到了。

我抓紧时间下车，开始往下卸成袋的面包圈和一箱箱的面饼圈。上午7时，停车场门前排起了长队。我们赈施早餐的消息在附近的贫民窟中不胫而走。排队的人越来越多，一直排到街上，绕了整个街区一圈多。

7时45分时，妇女们，甚至连小孩也加入就餐的队伍中。他们的盘中装满了热炸鸡、煮鸡蛋、玉米煎饼、面包圈、面饼圈和其他食品。旁边是一堆堆叠放整齐的衣物。到天黑时，这些衣物都将会被领走。喇叭里响着激动人心的演说："我们就是世界。"我看到在我的面前人头攒动，不同的年龄，不同的肤色，都在尽情享用着早餐。到上午11时，食物发放完毕，总共有1140名无家可归者吃上了早餐。

接下来自然而然地，我们的工作人员和无家可归者们在一片欢欣鼓舞的音乐中跳起舞来。其中两个无家可归者来到我身边，说这顿早饭是给他们准备的最好的东西，也是他们参加的第一次没有发生冲突的食物赈济活动。其中一个人还紧握住我的手，令我十分感动。

显而易见，我们成功了，在不到48小时内为千余名无家可归者提供了食物。这次经历对我影响尤为深远，时至今日，每当人们告诉我说，他们想做什么事但又觉得没有把握时，我会在心里说："是的，我知道你的意思。我也曾那么想过……"

（米歇尔·杰弗瑞斯）

## ◆◈◆◈◆◈◆◈◆ 斯坦金点评 ◆◈◆◈◆◈◆◈◆

面对"不可能"时，只要尽了自己最大的努力，"不可能"也会变为"可能"！

# *042* 被解雇的富翁

没有冒险，就没有收获

比尔被解雇了。

一天，为了排遣烦恼，他拿出在西班牙旅游时搜集的一套沙发图样来看。

比尔凝视着这些图样，冷不丁地说："亲爱的，你知道我想到了什么？我们可以做这样的沙发卖！"

妻子吉娜也兴奋起来，她说："想不到我们身边就藏着干事业的机会。"

一周以后，夫妇俩贷了一笔款，用上了所有的积蓄，挂起了"奎特琳家具公司"的牌子。每一位顾客都对这种家具啧啧称赞，但昂贵的价格令他们望而却步。三个月过去了，仍没有一套卖出去。

"可能我们这一步走错了。"一天傍晚关店门后，比尔说。

"不！"吉娜坚持，"如果我们不敢冒险而丢掉良机的话，以后会后悔的！"

几天后，一位衣饰华贵的夫人进店，挑选了几样最好的家具，并毫不迟疑地开了一张巨额的支票。

首次买卖的成交，给了他们希望的曙光。到了夏天，销路打开了。时间不长，订货就超出了他们的生产能力。

今天，"奎特琳家具公司"已经在达拉斯、芝加哥和丹佛开设了分店，年销售总额达500万美元。

### 斯坦金点评

如果你想获得成功，你应以机遇为朋友，以信心为兄弟，以希望为守护神。

# *043* 自信决定成败

> 认为自己能，或认为自己不能，结果就跟你认
> 为的一样。
>
> —— 亨利·福特

这里有两个故事，很能说明自信对于胜败的重要作用。

一个是尼克松败于自信的故事。尼克松是我们极为熟悉的美国总统，但就是这样一个大人物，却因为缺乏自信而毁掉了自己的政治前程。

1972 年，尼克松竞选连任。由于他在第一任期内政绩蜚然，所以大多数政治评论家都预测尼克松将以绝对优势获得胜利。

然而，尼克松本人却很不自信，他走不出过去几次失败的心理阴影，极度担心再次出现失败，在这种潜意识的驱使下，他鬼使神差地干出了后悔终生的蠢事。

他指派手下的人潜入竞选对手总部的水门饭店，在对手的办公室里安装了窃听器。

事发之后，他又连连阻止调查，推卸责任，在选举胜利后不久便被迫辞职，本来稳操胜券的尼克松，因缺乏自信而导致惨败。

另一个是小泽征尔胜于自信的故事。

小泽征尔是世界著名的交响乐指挥家。在一次世界优秀指挥

家大赛的决赛中，他按照评委会给的乐谱指挥演奏，敏锐地发现了不和谐的声音。起初，他以为是乐队演奏出了错误，就停下来重新演奏，但还是不对。他觉得是乐谱有问题。这时，在场的作曲家和评委会的权威人士坚持说乐谱绝对没有问题，是他错了。面对一大批音乐大师和权威人士，他思考再三，最后斩钉截铁地大声说："不！一定是乐谱错了！"话音刚落，评委席上的评委们立即站起来，报以热烈的掌声，祝贺他大赛夺魁。

原来，这是评委们精心设计的"圈套"，以此来检验指挥家在发现乐谱错误并遭到权威人士"否定"的情况下，能否坚持自己的正确主张。前两位参加决赛的指挥家虽然也发现了错误，但终因随声附和权威们的意见而被淘汰。小泽征尔却因充满自信而摘取了世界指挥家大赛的桂冠。

## 斯坦金点评

　　自信心很重要！但一个人的自信心不是盲目自大的产物，它应该是实力和信心的综合。自信，来自于你平常努力刻苦的训练，你文化功底的积累，你对所学专业的热爱、钻研，你倾注的巨大热情，你流下数不清的汗水，你独特的见解和创新精神。

# *044* 4000 美元学费

张口求人，万事不难。

—— 英国谚语

女儿简娜读高三时获得作为交换学生到德国学习的资格。我为女儿能有这样的学习机会感到高兴。但不久负责交换学生的组织通知我们须缴纳 4000 美元的费用，六月五日之前交齐，离现在只有两个月的时间。

那时我已离婚，带着三个孩子生活。筹集 4000 美元对我来说简直是不可能的事，我收入微薄，手头拮据，没有积蓄，没有贷款的信用，也没有亲戚能借给我钱。那当儿我感到非常无助，就如要我去筹集 400 万美元似的。

幸运的是，那时我刚参加了杰克·坎菲尔在洛杉矶举办的一个"自尊研习班"。我从班上学到了三样东西：第一，要想得到什么，那就得张口；第二，要想得到什么，那就得下点决心；第三，要想得到什么，还要采取行动。

我决定把这三条原则付诸实施。首先，我写了这么一个表示决心的字条："6 月 1 日之前愉快地筹集到 4000 美金供简娜赴德之用。"我把它贴到浴室的镜子上，又复印了一份放到钱包里，以便每天都能看到。我还填了一张（空头的）4000 美金的支票放到汽车仪表板上（我每天开车的时间很长，这样的提醒很是醒目）。我又拍摄了一张 100 元面值的钞票，放大之后贴在简娜床头的天花板上，这样她每天从睁开眼到睡觉之前都能看到它。

简那 15 岁了，是个典型的南加州的少女。她对如此种种近乎荒诞的想法无动于衷。我向她和盘托出这一切的缘由并建议她也写上一份表示决心的誓书。

现在我的决心已经明确，需要采取行动，向人张口了。我一向自给自足，不依附别人，不向别人伸手。所以对我来说，张口向所认识的亲朋好友借钱已属不易，更何况向陌生人相求呢！但我决定做一下，于我又有何损？

我做了一张传单，上附简娜的照片和她为何想赴德学习的陈述。底部留一附单，人们可以撕下来连同汇款一起在元月一号前寄还我们，我请求 5、20、50 或 100 美元的赞助。我甚至留下一空行，以便赞助者自行填写赞助金额。然后我把这些传单寄给每一位亲朋好友甚至是点头之交的人。我还寄给我工作的办公室、地方报纸和广播电台几份。我查询了本地 30 家服务机构的地址，也给他们邮了些。我甚至给航空公司去信请求他们让简娜免费乘机赴德国。

报纸没有刊文帮我呼吁，电台无动于衷，航空公司也回绝了我的请求。但我继续求助，继续发我们的传单。简娜开始梦想意外之财了。随后的几个星期，我们开始收到资助了。第一笔 5 美元，最大的一份馈赠是亲朋好友的 800 美元。大多数是 20 或 50 美元，有的是认识人寄来的，有的则来自素昧平生的人。

简娜对这种构思着迷起来，她开始相信这能使她如愿以偿。有一天她问我："你认为用类似的做法能让我考到驾驶执照吗？"我保证说可以。她试了试，果然拿到了驾驶执照。到 6 月 1 日时，我们竟收到了 3750 美元。真让人激动不已。然而尽管不错，对还差的 250 美元如何筹措，我还是一筹莫展。6 月 5 日之前还得想法弄到这 250 美元。6 月 3 日那天，电话铃响了，是镇上一家服务机构的女士打来的。她说："我知道我已过了最后期限，现在是不是晚了点？"

我回答道："不晚。"

"那好。我们真想帮帮简娜。但只能给她250美元。"

总共加起来有两家机构和23名资助者使简娜梦想成真。

在德国的一年中，她给他们去过好几次信谈她的经历。回国后简娜还在那两家机构做了演讲。以简娜来讲，从九月到下一年五月在德国沃尔森的交换学生的生活是一段美好的经历。这拓宽了她的视野，使她对世界和人类有了新的理解。

从那以后她在欧洲漫游，在西班牙工作了一个夏季，又在德国工作了一个夏季。她以优异成绩大学毕业，作为美国服务志愿队在佛蒙特的一家艾滋病防治机构工作了两年，现在正在攻读公共健康管理的硕士。

简娜赴德后一年，我重新寻觅到一生所爱，还是用的那三种方法。我们是在一次"自尊研究会"上相遇的，结婚后又参加了"夫妻研习班"，之后的七年里我们到各州旅行和长驻，其中有阿拉斯加州。我们还在沙特阿拉伯住过三年，现在我们住在亚洲。

像简娜一样，我开阔了眼界，生活也变得丰富多彩。这一切归功于我学会了对所想得到的物和事，要一张口、二下决心、三采取行动。

（克劳德特·亨特）

## 斯坦金点评

没钱供养大学生的父母，可细读本篇，不一定要申请银行贷款。要相信，在我们这样一个慈善的国度，乐于助人的人还是大有人在的。

# *045*　一切都能应付过去

假如我怀有能做成的信念，即便一开始我也许不具备做的能力，我也必定将获得这种能力。

——圣雄甘地

辛·吉尼普的父亲生重病的时候已经是 60 岁了，仗着他曾经是俄州的拳击冠军，有着硬朗的身子，才一直挺了过来。

那天，吃罢晚饭，父亲把他们召到病榻前。他一阵接一阵地咳嗽，脸色苍白。他艰难地扫了每个人一眼，缓缓地说："那是在一次全州冠军对抗赛上，对手是个人高马大的黑人拳击手，而我个子矮小，一次次被对方击倒，牙齿也出血了。休息时，教练鼓励我说：'辛，你不痛，你能挺到第十二局！'我也说：'不痛。我能应付过去！'我感到自己的身子像一块石头，像一块钢板，对手的拳头击打在我身上发出空洞的声音。跌倒了又爬起来，爬起来又被击倒了，但我终于熬到了第十二局。对手颤栗了，我开始了反攻，我是用我的意志在击打，长拳，勾拳，又一记重拳，我的血同他的血混在一起。眼前有无数个影子在晃，我对准中间的那一个狠命地打去……他倒下了，而我终于挺过来了。哦，那是我惟一的一枚金牌。"

说话间，他又咳嗽起来，额上汗珠扑扑而下。他紧握着吉尼普的手，苦涩地一笑："不要紧，才一点点痛，我能应付过去。"

那段日子，正碰上全美经济危机，吉尼普和妻子都先后失业了，经济拮据。父亲又患上了肺结核，因为没有钱，请不来大夫医治，只好一直拖到死。第二天，父亲就咳血而亡了。

父亲死后，家里境况更加艰难。吉尼普和妻子天天跑出去找工作，晚上回来，总是面对面地摇头，但他们不气馁，互相鼓励说："不要紧，我们会应付过去的。"

如今，当吉尼普和妻子都重新找到了工作，坐在餐桌旁静静地吃着晚餐的时候，他们总要想到父亲，想到父亲的那句话。

## ❖❖❖❖❖❖❖❖ 斯坦金点评 ❖❖❖❖❖❖❖❖

一个人不可能总是一帆风顺，生活中有高潮和低谷，人生中也必定有得有失。我们凭什么一有挫折就一蹶不振，跟自己赌气？认为一切都会应付过去，就会格外地活得有奔头。

# *046* 受到父亲的鼓励

如果你受到他人的鼓励，相信你自己，你一定会成功。

你怎样才会相信你自己？

先看看你的周围，你所认识的那些成功者在基本技能方面完全不一样吗？或者是他们用自己仅有的能力做了更多的事？世界上虽然不乏出类拔萃之人，有的还是天才，但绝大多数却是与你相似的人，他们只是所下的决心更大，工作更加刻苦或者对自己的责任和挑战思考得更多。

不要由于下列条件把你自己排除在外：

因为你接受的教育仅仅是中学教育。事实上，我们可以用那些从没有机会念大学的成功者的故事写成一本书。

因为你有成功的机遇但你却让它从你手中溜走了，许多成功的人们当年奋斗时也曾失败过，他们一直感激那一天，因为正是那天的失败让他们打开了成功的大门，不然他们根本无法接近这些大门。

因为你长得不吸引人。现在活着的妇女有哪位外表比德蕾莎修女更不具吸引力但却比她更受人尊敬？

相信你自己，相信你的潜力。超过你的同事，超越你的理想，这些并非是徒劳的信念。

但首先你必须能够看着自己去实施这些信念，你必须相信可能的你。让我们看下面的故事：

美国学者查尔斯 12 岁时，在一个细雨霏霏的星期天下午，他在纸上胡涂乱画，画了一幅菲力猫，这是大家所喜欢的喜剧连环漫画上的角色。

查尔斯把画拿给了父亲，当时这样做有点鲁莽。因为每到星期天下午，他的父亲就拿着一大堆阅读材料和一袋无花果，独自躲到他们家所谓的客厅里，关上门去忙他自己的事，他不喜欢有人打扰他。

但这个星期天下午，父亲却一反常态地把报纸放到一边，仔细地看着查尔斯的这幅画。"棒极了，查尔斯，这画是你亲手画的吗？"

"是的。"

父亲认真打量着画，点头表示赞赏，查尔斯在一边激动得全身发抖。

父亲几乎从没说过表扬的话，很少鼓励他们五兄妹中任何一个。父亲把画还给查尔斯，重新拿起他的报纸。头也不抬地对查尔斯说："在绘画上你很有天赋，坚持下去！"

从那天起，查尔斯看见什么就画什么，把练习本都画满了，对老师所教的东西一学就会。

后来父亲离家了，查尔斯只好自己想办法过日子，他时常给父亲寄去一些认为吸引他的素描画，并眼巴巴地等着父亲的回信。

父亲很少写信，可是每当回信时，其中的任何表扬都让查尔斯兴奋几个星期。

在经济大萧条那段最困难时期，父亲去世了，除了福利金，查尔斯没有别的经济收入，年仅 17 岁的他只好离开学校。

因为受到父亲当年留下的鼓励话语，查尔斯成功地画了三幅画，画的都是多伦多枫乐曲棍球队里声名大噪的"少年队员"

琼·普里穆、哈尔维、"二流球手"杰克逊和查克·康纳彻，并且在没有约定的情况下把画交给了当时《多伦多环球邮报》的体育编辑迈克·洛登。

第二天报社便雇用了查尔斯。在接下来的四年里，他每天都给《环球邮报》体育版画上一幅画。

## 斯坦金点评

父亲的鼓励固然重要，然而，决定的因素还是个人的努力。

# *047* 从现在就开始

> 人们总是习惯于在失败后说："如果再给我一次机会……"那么，为什么不从现在就开始呢？只要你愿意，任何时候都是你再给自己一次机会的佳时，比如在平凡的生活中坚守一个信念，鸿运自然会来。

下面是斯蒂芬·阿尔法讲述的自身的一段特殊经历：

"五年前，我经营的是小本农具买卖。我过着平凡而又体面的生活，但并不理想。我们的房子太小，也没有钱买我们想要的东西。我的妻子并没有抱怨，很显然，她只是安于天命但并不幸福。

"我的内心深处变得越来越不满。当我意识到我的妻子和两个孩子并没有过上好日子的时候，就感到一种深深地刺痛。

"但是今天，一切都有了极大的变化。现在，我有了一所占地两英亩的漂亮新家。我们再也不用担心能否送我们的孩子上一所好的大学了，我的妻子在花钱买衣服的时候也不再有那种犯罪的感觉了。明年夏天，全家都将去欧洲度假。我们过上了真正的生活。

"这一切的发生，是因为我利用了信念的力量。五年以前，我听说在底特律有一个经营农具的工作。那时，我们还住在克利夫兰。我决定试试，希望能多挣一点钱。我到达底特律的时间是星期天的早晨，但公司与我面谈还得等到星期一。

晚饭后，我坐在旅馆里静思默想，突然觉得自己是多么的可憎。'这到底是为什么！'我问自己'失败为什么总属于我呢?'

"我不知道那天是什么促使我做了这样一件事：我取了一张旅馆的信笺，写下几个我非常熟悉的、在近几年内远远超过我的人的名字。他们取得了更多的权力和工作职责。其中两个原是邻近的农场主，现已搬到更好的边远地区去了：其他两位我曾经为他们工作过：最后一位则是我的妹夫。

"我问自己：是什么使这五位朋友拥有优势呢？我把自己的智力与他们作了一个比较，但我并不认为他们比我更聪明；而他们所受的教育，他们的正直，个人习性等，也并不拥有任何优势。终于，我想到了他们成功的因素，即主动性。我不得不承认，他们在这一点上胜我一筹。

"当时已快深夜三点钟了，可我的脑子却十分清醒。我第一次发现了自己的弱点——缺少主动性，这表明在我的内心深处我并不看重自己。那天我坐了一夜，回忆着过去的一切。我发现从我记事起，我就缺乏自信心，我发现过去的我总是在自寻烦恼，自己总对自己说不行，不行，不行！我总是在表现自己的缺点，几乎我所做的一切都表现出了这种自我贬值。现在，我终于明白了：如果自己都不信任自己的话，那么将没有人信任你！

"于是我做出了决定，'我一直都是把自己当成一个二等公民，从今后，我再也不这样想了。'

"第二天上午，我仍保持着那种自信心。我暗暗以这次与公司的面谈作为对我自信心的第一次考验。在这次面谈以前，我希望自己有勇气提出比原来工资高 750 美元甚至 1000 美元的要求，但经过这次自我反省后，我认识到了我的自我价值，因而把这个目标提到了 3500 美元。结果我达到了目的。我获得了成功，是因为经过整整一个夜晚的自我分析以后，我终于认识到了自己的价值。"

## 斯坦金点评

一块有磁性的金属，可以吸起比它重十二倍的重物；但是如果你除去这块金属的磁性，甚至连轻如羽毛的重量都吸不起来。同样地，人也有两类。一种是有磁性的人，他们充满了信心和信仰。他知道他天生就是个胜利者、成功者。另外一种人，是没有磁性的人。他们充满了畏惧和怀疑。机会来时，他们却说："我可能会失败；我可能会失去我的钱；人们会耻笑我。"这一类的人在生活中不可能有成就，因为如果他们害怕前进，他们只好停留在原地。相信你自己，鸿运就会降临。

# ·卷 五·

# 向着目标

赢得好射手的美名并非由于他
的弓箭，而是由于他的目标。

世界上最重要的事情，不在于
我们在何处，而在我们朝着什么方
向去走。

# *048* 爱因斯坦的自知之明

> 我们的更高的目标，就是在世上基于心智的标
> 准去做事，我们生来就是有特定的兴趣、天赋和能
> 力去实现这个目标。
>
> —— 莎可提·加旺

爱因斯坦一生中所取得的成功是世界公认的，他被誉为 20 世纪最伟大的科学家。他之所以能够取得如此令人瞩目的成绩，和他一生具有明确的奋斗目标是分不开的。

他出生在德国一个贫苦的犹太家庭，家庭经济条件不好，加上自己小学、中学的学习成绩平平，虽然有志往科学领域进军，但他有自知之明，知道必须量力而行。

他进行自我分析：自己虽然总的成绩一般，但对物理和数学有兴趣，成绩较突出。那么自己只有在物理和数学方面确立目标才能有出路，其他方面是不及别人的。因而他读大学时选读瑞士苏黎世联邦理工学院物理学专业。

由于奋斗目标选得准确，爱国斯坦的个人潜能得以充分发挥，他在 26 岁时就发表了科研论文《分子尺度的新测定》，以后几年他又相继发表了四篇重要科学论文，发展了普朗克的量子概念，提出了光量子除了有波的性状外，还具有粒子的特性，圆满地解释了光电效应，宣告狭义相对论的建立和人类对宇宙认识

的重大变革。取得了前所未有的显著成就。

可见，爱因斯坦确立目标的重要性。假如他当年把自己的目标确立在文学上或音乐上（他曾是音乐爱好者），恐怕就难以取得像在物理学上那么辉煌的成就。

为了避免耗费人生有限的时光，爱囡斯坦善于根据目标的需要进行学习，使有限的精力得到了充分的利用。他创造了高效率的定向选学法，即在学习中找出能把自己的知识引导到深处的东西，抛弃使自己头脑负担过重和会把自己诱离要点的一切东西，从而使他集中力量和智慧攻克选定的目标。

他曾说过："我看到数学分成许多专门领域，每个领域都能费去我们短暂的一生。……诚然，物理学也分成了各个领域，其中每个领域都能吞噬一个人短暂的一生。在这个领域里，我不久就学会了识别出那种能导致深化知识的东西，而把其他许多东西撇开不管，把许多充塞脑袋、并使其偏离主要目标的东西撇开不管。"他就是这样指导自己的学习的。

为了阐明相对论，他专门选学了非欧几何知识，这种定向选学法，使他的立论工作得以顺利进行和正确完成。

如果他没有意向创立相对论，是不会在那个时候学习非欧几何的。如果那时候他无目的地涉猎各门数学知识，相对论也未必能这么快就产生。

爱因斯坦正是在十多年时间内专心致志地攻读与自己的目标相关的书和研究相关的目标，终于在光电效应理论、布朗运动和狭义相对论三个不同领域取得了重大突破。

特别值得一提的是，爱因斯坦不但有可贵的自知之明，而且对已确立的目标矢志不移。1952 年以色列国鉴于爱因斯坦科学成就卓越，声望颇高，加上他又是犹太人，当该国第一任总统魏兹曼逝世后，邀请他接受总统职务，他却婉言谢绝了，并坦然承认自己不适合担任这一职务。

　　确实，爱因斯坦是一位伟大的科学家，这是他终生努力奋斗才实现了的目标。如果他当上总统，那未必会有多大建树，因为他未显示过这方面的才华，又未曾为此目标做过努力学习和奋斗。

## ◆◆◆◆◆◆◆◆ 斯坦金点评 ◆◆◆◆◆◆◆◆

　　在人生的竞赛场上，没有确立明确目标的人，是不容易得到成功的。许多人并不乏信心、能力、智力，只是没有确立目标或没有选准目标，所以没有走上成功的途径。

# *049* 阿基米德的专注

在难以解决的困难面前，有些人无以应对，束手无策。而对于善于思考，有灵感的人，就能独辟蹊径，消除困难，从而获得成功。

在两千多年前的古希腊，有一个人说："给我一个立足点，我就可以移动地球！"

国王听了哈哈大笑，说："在我的船队里有一艘三桅的新船，非常非常重，在船坞里干活的所有奴隶，用尽全力也不能把它从造船架上推下去。如果你能移动它，我就相信你。"这个人对国王说："没问题。"

到了要移动大船的这一天，这个人把一个螺旋似的玩艺儿固定在船坞上，一套套的绳索和轮子从大船通向螺杆。然后，他摇着手柄，大船开始移动了。不一会儿，船就滑向了大海，

这个人，就是公元前3世纪伟大的数学家、物理学家和机械发明家阿基米德。

公元前287年，阿基米德出生在地中海西部西西里岛上的叙拉古城。

他的父亲是一个天文学家，一生都在研究太阳和月亮的距离。在父亲的严格教育下，他从小就热爱读书。古希腊是一个文明古国，文化和科学技术非常发达，市场上布满了书摊，阿基米

德常常在那里流连忘返。

他读荷马的诗和历史，读伊索的寓言，读索龙的法律著作，学习天文学、音乐和图画，他在地上堆一层湿沙子作几何习题。随着年龄的增长，他把自己的时间越来越多地用于学习、思考、探索和写作。他常常忘记吃饭，所以别人不得不喂他饭吃，连穿衣脱衣这类事情，别人也不得不替他去做，因为他在专心思考问题的时候，就会忘掉自己的衣服。

阿基米德11岁那年，离开了父母，来到了古希腊最大的城市之一的亚历山大里亚求学。

当时的亚历山大里亚是世界闻名的贸易和文化交流中心，那里有世界上最大的图书馆，藏书多达50多万册，而且集中了一大批当代最有学问的科学家，是希腊艺术和知识的发源地。这深深地吸引着如饥似渴的阿基米德。

当时的书是写在一张张的羊皮上的，写成后粘成一大张，再卷在圆木棍上。书是一个字一个字抄成的，虽然又重又笨，但十分宝贵。

阿基米德没有纸笔，就把书本上学到的定理和公式，牢记在脑子里。阿基米德攻读的是数学，需要画图形、推导公式、进行演算。没有纸，就用小树枝当笔，把大地当纸，因为地面太硬，写上去的字迹看不清楚，阿基米德苦想了几天，又发明了一种"纸"，他把炉灰扒出来，均匀地铺在地面，然后在上面演算。当他回到叙拉古的时候，他已经是一个大名鼎鼎的科学家了。

有一次，赫农王让金匠替他做了一顶纯金的王冠，做好后，国王疑心工匠在金冠中掺了银子，但这顶金冠确与当初交给金匠的纯金一样重，到底工匠有没有捣鬼呢？既想检验真假，又不能破坏王冠，这个问题不仅难倒了国王，也使诸大臣们面面相觑。

国王便把金冠交给阿基米德，要他去测定。阿基米德面对金冠日夜冥思苦想，反复观看它的外表，称它的重量，量它的大小，他相信总有办法检查出王冠是不是纯金做成的。

他一天天坐在那里，目不转睛地盯着王冠和金块。如果不是仆人送饭过来，他便记不起吃饭。夜晚，他呆呆地望着黑暗，直到仆人进去把火盆点着。他顾不得洗澡、换衣，变得蓬头垢面，最后只好由两个仆人架着抬着，到澡堂去洗澡。当仆人们架着他穿过大街小巷的时候，他还在大声呼喊："快放下我，我有重要的事情要做。"

这喊声惊动了市民们，人们蜂拥走上街头，互相打听阿基米德最近在钻研什么问题。因为全城的人都知道，当阿基米德在集中精力研究一个问题时，最反对别人打搅和中途停顿，包括吃饭、睡觉、穿衣、洗澡等等这些日常必须做的事情。

仆人把阿基米德架到澡堂，扒下他的衣服往身上擦洗澡用的油，他还在喊叫着，怒吼着。但是当他泡进浴缸，却意外地安静了。原来他发现由于他的跨入，水在朝外漫溢。他的想象力一下子焕发起来了，他大叫一声，从浴缸里跳了出来。

这时的阿基米德，忘记了穿衣，忘记了一切，浑身上下一丝不挂地冲出澡堂，奔上大街一直往家里跑。同时连声高喊："我知道了！我知道了！"他的妻子见他赤裸裸地跑回家来，气得昏了过去，而阿基米德却一进屋就立即拿起了金冠。他的仆人气喘吁吁地追来，把长袍在他的身上，他也毫无觉察。

阿基米德用兴奋得发抖的手，往一只瓦罐里倒满了水，分别把金子、银子和王冠放入。

原来他领悟到了，如果王冠放入水中后，排出的水是不等于同等重量的金子排出的水量，那肯定是掺了别的金属。他终于发现，王冠所排溢的水量，多于黄金所排溢的水量，而少于白银所排溢的水量。于是，他做出判断，这顶王冠既不是纯金做的，也不是完全由白银做成的，而是金子和银子的掺合体。

这个简单的鉴别方法，为国王解答了王冠疑案，但它真正贡献给人类的是一个十分重要的发现，这就是有名的浮力定律，即，浸在液体中的物体受到向的浮力，其大小等于物体所排出液体的重量。后来，该定律就被命名为阿基米德定律。

阿基米德对科学的痴迷程度是常人无法想象的。阿基米德经常为了研究而废寝忘食，走进他的住处，随处可见数字和方程式，墙上、桌上、地上画满了各式各样的图形。甚至于战争已经要夺去他的生命的时候，他都全然不知。

公元前214年，罗马向叙拉古发动了侵略战争，以四个军团之众从海上和陆上两路包围叙拉古，阿基米德不顾古稀高龄，以他超人的勇敢和聪明才智，参加了反侵略的自卫战。

他所设计的远程射石机和弩机，从卫城的垛口发射大量的巨石和箭，有的巨石重达200多公斤，把罗马的舰艇打沉打翻。

叙拉古在强敌面前坚守了几年。但是，公元前212年春天，由于守城居民的麻痹大意，叙拉古被罗马侵略者攻占。

这时的阿基米德正在家里面对自己画在地上的一个图形冥思苦想，他是那样专注，那样入迷，竟把战争都忘了。无论呼喊声、尖叫声怎样震耳欲聋，他都没有听见。

当持刀的罗马士兵出现在他的面前，他还气愤地嚷着："别碰我的图，你给我踩坏了！"当这个士兵要杀他的时候，他说："给我留下一些时间，让我把这道难题做完。"

无知的的士兵并不理睬他，一刀砍了下去。这位善良、勤奋而智慧的科学老人，濒死前躺在血泊里，还用微弱的声音说："他们夺去了我的身体，可是我将带走我的心。"

一个人如果能依据自己的才能和特长，选准目标后，集中精力去努力，就可以极大地提高成功的可能性。做一件事，最忌讳的就是三天打鱼，两天晒网，或者见异思迁，不能专心致志。

阿基米德思考问题时，可以忘却周围的一切，甚至于生死都会置之度外，其专注的程度是常人无法想象的。谁能否认，他的惊人的智慧与这种精力的专注和精神的聚焦没有关系呢?

## ◆◆◆◆◆◆◆◆◆ 斯坦金点评 ◆◆◆◆◆◆◆◆◆

　　人的思维是了不起的,只要专注于某一项事业,那就一定会做出使自己都感到吃惊的成绩来。

# *050* 本田的毅力

> 目的总是证明手段明确。
>
> —— 马基雅维里

1938年本田宗一郎先生还是一名学生时，就变卖了所有家当，全心投入研究装造心目中所认为理想的汽车活塞环。他夜以继日地工作，与油污为伍，累了，倒头就睡在工厂里。一心一意期望早日把产品装造出来，以卖给丰田汽车公司。

为了继续这项工作，他甚至变卖妻子的首饰。最后，产品终于出来了，并送到了丰田汽车公司，但是被认为品质不合格而打了回来。为了求取更多的知识，他重回学校苦修两年，这期间，自己的设计经常会被老师或同学嘲笑，被认为不切实际。

他无视于这一切痛苦，仍然咬紧牙关朝目标前进，终于在两年之后取得了丰田公司的购买合约，完成了他长久以来的心愿。

此后一切并不是一帆风顺，他又碰到了新问题。当时因为日本政府发起第二次世界大战，一切物资吃紧，禁卖水泥导致他无法建造工厂。

他是否就此放手了呢？没有。他是否怨天尤人了呢？他是否认为美梦破碎了呢？一点都没有！相反地，他决定另谋它途，而和工作伙伴研究出新的水泥制造方法，并建好了他们的工厂。战争期间，这座工厂遭到美国空军两次轰炸，毁掉了大部分的制造设备。本田先生是怎么做的呢？他立即召聚了一些工人，去捡拾美军飞机所丢弃的汽油桶，做为本田工厂制造用的材料。

在此之后，他们又碰上了地震，夷平了整座工厂。这时，本田先生不得不把制造活塞环的技术卖给丰田公司。

本田先生实在是个了不起的人，他清楚地知道迈向成功的路该怎么走，除了要有好的制造技术，还得对所做的事深具信心与毅力，不断尝试并多次调整方向。虽然目标还不见踪影，但他始终不屈不挠。

第二次世界大战结束后，日本遭遇严重的汽油短缺，本田先生根本无法开着车子出门买家里所需的食物。

在极度沮丧下，他不得不试着把马达装在脚踏车上。他知道如果成功，邻居们一定会央求他给他们装部摩托脚踏车。果不其然，他装了一部又一部，直到手中的马达都用光了。

他想到，何不开一家工厂，专门生产所发明的摩托车？可惜的是他缺资金。

对此，他决定无论如何要想出个办法来，最后决定求助于日本全国 18000 家脚踏车店。

他给每一家脚踏车店用心写了封言词恳切的信，告诉他们如何藉着他发明的产品，在振兴日本经济上扮演一个角色。结果说服了其中的 5000 家，凑齐了所需的资金。然而，当时他所生产的摩托车既大且笨重，只能卖给少数硬派的摩托车迷。为了扩大市场，本田先生动手把摩托车改得更轻巧，一经推出便赢得满堂彩，因而获颁"天皇赏"。

随后他的摩托车又外销到欧美，赶上了战后的婴儿潮消费者，于 70 年代本田公司便开始生产汽车并获得佳评。

今天，本田汽车公司在日本及美国共雇有员工超过十万人，是日本最大的汽车制造公司之一，其在美国的销售量仅次于丰田。

## ◆◆◆◆◆◆◆◆◆ 斯坦金点评 ◆◆◆◆◆◆◆◆◆

本田汽车之所以能够有今天的辉煌，是因为本田先生深知：要想成功，就必须把眼光放远。成功和失败都不是一夜造成的，而是一步一步积累的结果。

决定给自己制定更高的追求目标、决定掌握自我而不受控于环境、决定把眼光放远、决定采取何种行动、决定继续坚持下去，这种种决定，做得好你便能成功，做得不好你便会失败。

# *051* 年轻水手

当你的眼睛盯着目标的时候，你实现目标的机会就非常大。无论这个目标是什么，情况都是如此。

在过去的航海年代，曾经有一位第一次出海的年轻水手，当船在北大西洋遇上大风暴的时候，他受命爬上高处去调整风帆，使它适应风向。在他向上爬的时候，他犯了个错误——低头向下看。颠簸不定的轮船和波涛汹涌的海浪使他非常恐惧，他开始失去平衡。正在这时，一位有经验的水手在下面向他大喊："向上看！孩子，向上看！"这个年轻的水手按照他说的话做了，又重新获得了平衡。

当情况看起来似乎很糟糕的时候，你应该看看你是否站错了方向。当你看着太阳的时候，你不会看见阴影。向后看只会使你丧失信心，向前看才会使你充满自信。当前景不太光明的时候，试着向上看——那儿总是好的，你一定会获得成功。

## ◆◆◆◆◆◆　斯坦金点评　◆◆◆◆◆◆

向上看！白天是灿烂的太阳，夜晚是皎洁的月亮。

# *052* 卡尔·沃伦达走绷绳

> 大凡成功的人生，都有明确的奋斗目标和计
> 划，并且能持之以恒，时刻不忘。
>
> ——丹尼斯·韦特利之

你曾涉足悬崖峭壁的边缘吗？你曾登履万丈深渊上横亘的小木桥吗？大多数人身居高处时会情不自禁往下看，因为他们担心掉下来。但为什么他们却又一再告诫他人攀爬长梯时"别往下看？"因为往往我们越担心的事情，越有可能会发生。

卡尔·沃伦达几十年的高空走绳表演令千百万人紧张激动。他走绳的足迹几乎遍及了各种人群聚集的场合，如足球场、河流、建筑物等上空横亘的绷绳。他曾说过对他而言，生命就是走绷绳，这是他的天性——第二天性。

后来有一天，他突然与妻子聊起自己对从绳上坠落的担心。于是，那天走绷绳之前，他仔细检查了绳的结实度，检查了绳锚。以前他对此是从不过虑的。

然而正是在那天，当他在未安装安全网的两栋建筑之间的绷绳上悠闲轻松地踱步时，不幸坠地身亡。他一开始担心坠落，便已无法做到集中全部心思去走好绷绳。

在体育训练时，教训员常常教导运动员在心中设想比赛结果，一心设想比赛结果可以鼓励大脑让身体去实现心中所想。你

是否注意到了，当你叫小孩"不得"干某事时，他们偏偏要干出那些事来。我们所考虑的，往往也就是最后我们所做的和得到的。

### 斯坦金点评

请你思索，你是把注意力集中在目标上还是在可能发生的危险上？

# *053* 父子俩和驴子

> 小事和空洞批评如占据我们的头脑，会使我们
> 无法有远见。不要让这种情况发生在你的身上。

有个故事说的是父子俩赶着驴子去集市买食品。起初父亲骑驴，儿子走路。路人看见他们经过，就说："真狠心啊，一个强壮的汉子坐在驴背上，那可怜的小家伙却要步行。"

于是父亲下来，儿子上去。可是人们又说："真不孝顺呀！父亲走路，儿子骑驴。"

于是父子两人一齐骑上去。这时路人说："真残忍呀！两个人骑在那可怜的驴背上。"

于是两人都下来走路。路人说："真愚蠢呀！这两个人步行，那只壮实的驴子却没有东西驮。"

最后他们到达集市时整整迟到了一天。人们惊讶地发现，那人同他儿子一起抬着那只驴来集市！

像这两个赶驴子的人一样，我们也会因为过分担心所受到的压力而看不清方向，忘记了自己的目标。

## ◆◆◆ 斯坦金点评 ◆◆◆

向着你的既定目标前进，不要管世人说些什么！

# *054* 插 秧

> 人生就像游海峡一样，只要有目标，不论困难
> 有多大，只要坚持，终究可以达到成功的彼岸。

有个城里的富商，在乡下新买的别墅附近散步时，看到有个农夫在插禾苗。这个农夫的手法纯熟而迅速，所有的禾苗一行行排列得整整齐齐，井然有序，如同丈量过一样。富商十分惊讶，就过去问农夫是如何办到的。

农夫没有回答他的问题，只是拿了一把禾苗要他先插插看。这位富商觉得十分新奇，就下到田里，当他插完数排之后，发现自己插的禾苗参差不齐，杂乱无章，便又去向农夫讨教。

农夫告诉他，插禾苗时要抬头用目光紧紧盯住一件东西，然后朝着那个目标笔直前进，就能插得漂亮而整齐。

富商又去插了两排，却发现这次禾苗变成了一道弯曲的弧形。

他再次请教农夫，农夫问他是否紧紧盯住了一个目标。富商说："有啊，我紧紧盯着那边一只正在吃草的水牛。"

农夫觉得很好笑，告诉他："水牛边吃草边走，难怪你把禾苗插成了弧形。

## ◆━◆━◆━◆━◆━◆ 斯坦金点评 ◆━◆━◆━◆━◆━◆━◆

　　无论做人还是做事，都应该有个明确的目标。没有了目标就容易失去方向，如同无舵之船，无缰之马。经常为自己设立目标，努力去完成，生命就会更有意义、更加充实。

# *055*　毛毛虫走到饿死

不成功者常常混淆了工作本身与工作成果。他们以为大量的工作，尤其是艰苦的工作，就一定会带来成功。但任何活动本身并不能保证成功，且并不一定是有利的。

一项活动要有用，就一定要朝向一个明确的目标。也就是说，成功的尺度不是做了多少工作，而是做出多少成果。

关于这个概念，最好的例子是法国博物学家让·亨利·法布尔所做的一项研究的结果。

他研究的是巡游毛虫。这些毛虫在树上排成长长的队伍前进，有一条带头，其余跟着。法布尔把一组毛虫放在一个大花盆的边上，使它们首尾相接，排成一个圆形。这些毛虫开始动了，像一个长长的游行队伍，没有头，也没有尾。法布尔在毛虫队伍旁边摆了一些食物。但这些毛虫要想吃到食物就要解散队伍，不能一条接一条前进。

法布尔预料，毛虫很快会厌倦这种毫无用处的爬行，而转向食物。可是毛虫没有这样做。出于纯粹的本能，毛虫沿着花盆边一直以同样的速度走了七天七夜。它们一直走到饿死为止。

这些毛虫遵守着它们的本能、习惯、传统、先例、过去的经验、惯例，或者随便你叫它什么好了。它们的活动很卖力，但毫无成果。许多不成功者就跟这些毛虫差不多。他们以为忙碌就是成就，活动本身就是成功。

单单用工作来填满每一天，这看来再也不能接受了。做出足够的成果实现目标，这才是衡量成绩大小的正确方法。随着一个又一个目标的实现，你会逐渐明白要实现目标需要花多大的力气。你往往还能悟出如何用较少的时间来创造较多的价值。这会反过来引导你制定更高远的目标，实现更伟大的理想。随着你工作效率的提高，你对自己、对别人也会有更准确的看法。

## 斯坦金点评

目标有助于我们避免这种情况发生。如果你制定了目标，又定期检查工作进度，你自然就会把重点从工作本身转移到工作成果上。

# *056* 一只普通的苍蝇

所谓障碍，就是当你无法专注于你的目标时看
到的可怕东西。

——汉纳·穆尔

一只普普通通的小苍蝇竟决定了一场世界台球锦标赛的结果。那是 1965 年 9 月 7 日，纽约举行一场台球世界冠军争夺赛。这场争夺赛是在路易斯·福克斯和约翰·迪瑞之间进行的，奖金四万美元。

这两位都是台球坛上的奇才，观众们在静静地观察着比赛的进展，路易斯·福克斯得分已遥遥领先。他只要再得几分，这场比赛就将宣告结束。

这时赛厅里的气氛十分紧张，福克斯洋洋自得准备做最后几杆漂亮的击球，约翰·迪瑞沮丧地坐在一个角落里，他的败局似乎已定。

突然，在那死一般沉寂的赛厅里出现了一只苍蝇，嗡嗡作响，它绕着球台盘旋了一会儿，然后叮在了主球上。路易斯·福克斯微微一笑，轻轻地一挥手，赶走了苍蝇，他又盯着台球，准备击球，可是这只苍蝇第二次来到台盘上方盘旋，而后又落在了主球上。于是观众中发出一阵紧张的笑声。福克斯又轻嘘一声将苍蝇赶走了，他的情绪并没有因为这种干扰而波动。但是这只苍

蝇第三次又回到了台盘上。这次沉寂被打破，观众中发出一阵狂笑。原先冷静的路易斯·福克斯这次再也不冷静了。他用球杆去赶那苍蝇，想把它赶走。不料，球杆擦着了主球，主球滚动了一英寸。苍蝇是不见了，可是由于福克斯触击了主球，他就失去了继续击球的机会，约翰·迪瑞充分地利用这一幸运的机会，长时间的连续击球直到比赛结束。迪瑞夺得了台球世界冠军，并拿走四万美元奖金的大部分。

那天夜里，路易斯，福克斯离开赛厅时，宛若在奇怪的梦幻中游走。第二天早上，一艘警艇在河上发现了他的尸体。他自杀了。

## 斯坦金点评

在漫漫人生旅途中，总会有这样或那样的不可预料的因素，但只要我们心中有个明确的目标并一直朝着那个方向前行就不会因此而前功尽弃。

# *057* 坚持下去

如果面对一次又一次挫折，你能够坚持下去，那么最终这些挫折会沉淀成一个机会，点化你的生命。

罗纳德·皮尔经常对别人说："只要坚持下去，总有天情况会好转的。"

罗纳德·皮尔曾经给别人讲过自己的亲身经历：

每当我失意时，我母亲就这样说："最好的总会到来，如果你坚持下去，总有一天你会交上好运。并且你会认识到，要是没有从前的失望，那是不会发生的。"

母亲是对的，当我于1932年大学毕业后我发现了这点。我当时决定尝试着在电台找份工作，然后，再设法去做一名体育播音员。

满怀这一梦想，我搭便车去了芝加哥，敲开了每一家电台的门——但每次都碰了一鼻子灰。在一个播音室里，一位很和气的女士告诉我，任何　家较大的电台是不会冒险雇用一名毫无经验的新手的。"再去试试，找家小电台，那里可能会有机会。"她说。

于是，我又搭便车回到了伊利诺斯州的迪克逊。虽然迪克逊没有电台，但我父亲说，蒙哥马利·沃德公司开了一家商店，需要一名当地的运动员去经营他的体育专柜。由于我在迪克逊中学打过橄榄球，于是我提出了申请。那工作听起来很适合我，但我没能如愿以偿。

当时我失望的心情是可想而知的。"最好的总会到来。"母亲安慰我说。父亲借车给我，于是我驾车行驶了 70 英里来到了特莱城。

我走进了爱荷华州达文波特的 WOC 电台。节目部主任是位很不错的苏格兰人，名叫彼特·麦克阿瑟，他告诉我说他们已经雇用了一名播音员。当我离开他的办公室时，受挫的郁闷心情一下子发作了。我大声地问道："要是不能在电台工作，又怎么能当上一名体育播音员呢？"

我正在那里等电梯，突然我听到了麦克阿瑟的叫声："你刚才说体育什么来着？你懂橄榄球吗？"

接着他让我站在一架麦克风前，叫我凭想象播一场比赛。前一年的秋天，我所在的那个橄榄球队在最后 20 秒时以一个 65 码的猛冲击败了对方。在那场比赛中，我打了 15 分钟。就这样，我播了那场比赛。结果，麦克阿瑟告诉我，我将选播星期六的一场比赛。

在回家的路上，就像自那以后的许多次一样，我想到了母亲的话："如果你坚持下去，总有一天你会交上好运。并且你会认识到，要是没有从前的失望，那是不会发生的。"

## ◆◆◆◆◆◆◆ 斯坦金点评 ◆◆◆◆◆◆◆

在生活中的不幸面前，有没有坚强刚毅的性格，从某种意义上说，也是区别伟人与庸人的标志之一。巴尔扎克说："苦难对于一个天才是一块垫脚石，对于能干的人是一笔财富，而对于庸人却是一个万丈深渊。"有的人在厄运和不幸面前，不屈服，不后退，不动摇，顽强地同命运抗争，因而在重重困难中冲开一条通向胜利的道路，成了征服困难的英雄，掌握自己命运的主人。

# *058* 我只看到了骆驼

从今天起就播下目标的种子。有了目标，内心
的力量才会找到方向。

有一位父亲带着三个孩子，到沙漠去猎杀骆驼。

他们到达了目的地。

父亲问老大："你看到了什么呢？"

老大回答："我看到了猎枪，骆驼，还有一望无际的沙漠。"

父亲以相同的问题问老二。

老二回答："我看到了爸爸、大哥、弟弟、猎枪、骆驼，还
有沙漠。"

父亲又摇摇头说："不对。"

父亲又以同样的问题问老三。

老三回答："我只看到了骆驼。"

父亲高兴地说："答对了。"

## ◆◆◆◆◆◆◆◆ 斯坦金点评 ◆◆◆◆◆◆◆◆

要紧盯你的目标，决不看半眼目标以外的东西。

# *059* 捞鱼的哲学

　　目标越大，得失越大，挫折感也就越大，人生之苦不皆是如此吗？

　　一个年轻人在逛集市的时候，看见一位老人摆了一个捞鱼的摊子：他向顾客提供鱼网，捞起来的鱼归捞鱼人所有。这个年轻人一时童心大发，蹲下去捞起鱼来。他一连捞碎了三只网，一条小鱼也未捞到。见老人眯着眼看自己的蠢样，心中似乎暗自窃笑，他便不耐烦地说："老板，你这网子做得太薄了，几乎一碰到水就破了，那些鱼又怎么捞得起来呢？"

　　老人回答说："年轻人，看你也是念过书的人，怎么就不懂呢？当你心中产生意念想捞起你认为最美的鱼时，你打量过你手中所握的鱼网是否真的耐用吗？追求不是件坏事，但是要懂得了解你自己呀！"

　　"可是我还是觉得你的网太薄，根本捞不起鱼。"

　　"年轻人，你还不懂得捞鱼的哲学吧！这和众人所追求的事业、爱情、金钱都是一样的。当你沉迷于眼前目标之际，你衡量过自己的实力吗？"

### ◆◆◆◆ 斯坦金点评 ◆◆◆◆

　　实现任何目标都要具备实力，包括能力、方法、经验等。

# *060* 十年十亿美元

> 目标愈远大，在实现目标之后，其结果又变成
> 了实现下一个目标的基础和手段，从而使后来确定
> 的目标更为远大。
>
> —— 德田虎雄

雷克莱是一位来自以色列的犹太移民，初到美国不久，他就制定了远大的目标：要在十年之内赚到十亿美元！

接下来他开始计划用以下两个方式获取那十亿美元：

第一个方式：用短期付款的方式购得一个公司的控制权；

第二个方式：用公司的资产做为基金去取得另外一家公司的控制权。

雷克莱常用第一个方式，他认为这个方式是最有利的。假如实际情形不允许采取第一个方式，非得运用第二个方式不可，他宁愿用现款买下某一家公司，其先决条件是：从买下的这家公司中，马上可获得更多的、可以运用的现款。

不能小看雷克莱的这两种方式。如果抓住机遇，采用适当方式的话，要拥有几个公司，甚至成百上千个公司，也并不完全是幻想。难怪雷克莱在移居美国仅仅几年之后就敢夸下海口，要在十年之内赚到十亿美元！

但十年的时间过去了，他并没有全部达到预定的目标，在追

加了将近五年时间之后，他才成为名副其实的十亿富翁，这些都是后话，我们还是谈谈他在明尼亚波里斯组建第一家公司的事吧。

那时，雷克莱白天在皮柏·杰福瑞和霍伍德证券交易所做事。到了晚上，他在一个小型补习班讲授希伯来语。一次很偶然的机会使他对速度电版公司产生了兴趣。这家公司就是美国速度公司的子公司之一，它专门生产印刷用的铅版和电版。

事情是这样的：有一天晚上，雷克莱给补习班讲完课回家，在路上遇到一位名叫伍德的学生家长。这个人正在做股票生意。他是雷克莱工人的那家证券交易所的常客。两个人很熟，所以一见面就攀谈起来。他们从股票的价位，谈到雷克莱教希伯来语的情形，最后，伍德谈起他投资的一家公司，这家公司就是速度电版公司。

在明尼亚波里斯，速度电版公司是一家比较大的企业，它有最新的生产设备，有宽敞的现代化厂房。可是，它一直是个冷门公司，经营几年下来，还是没有多大的起色。这家公司也有股票上市，但是股票价位始终高不起来。

雷克莱开始暗暗地注意速度电版公司的动态，这家公司成为他进取的目标之一。几年来，这家公司虽然没有多大的发展，但始终保持稳定的收益，大部分股东都把速度电版公司的股票当做储蓄存款放到那里。该公司的股票在市面上流通的数量不大，买卖也不热火。雷克莱要想获得这家公司的控制权，只有收购股票这一途径。如果不设法制造一个机会，使这家公司的股票形成强烈卖势，雷克莱就无法达到自己的目的。

通过和伍德的谈话，雷克莱感到这是个机会。伍德是速度电版公司的主要股东之一，如果利用伍德对该公司的厌倦心理，也许可以酿成一种对雷克莱有益的"气候"。雷克莱充分发挥这次谈话的效力，使伍德甘愿让他帮忙把所持的股票尽早脱手。雷克莱还发现，伍德急于要卖掉速度电版公司的股票，决不仅仅是为了钱，其中必有其他原因。

雷克莱一回到家里，便迫不及待地翻阅与速度电版公司有关的资料。雷克莱是个很有心计的人，他在工作之余，把将来有可能被他收购的公司的资料剪贴得特别齐全。从电版公司创业时的宣传材料，到历年的各期损益表，他都详细地看了一遍。然后，他画了一张简单的曲线表，以便对这家公司的经济状况一目了然。从速度电版公司最近一期的损益表中很难看出问题，因为该公司的销售收入略有增加，盈利也比上期好。雷克莱就从公司外部因素进行分析。他想，这几天铅的价格大涨，每吨高达230.5 英镑，这个因素对于电版业的经营一定会有影响。他认为，速度电版公司有很不错的客观条件，但是业绩平平，这就表明公司负责人的能力有限。一个应付日常工作都力不从心的人，一旦遇到意外的情况，肯定会自乱章法，一筹莫展。雷克莱意识到，目前有两个因素可以大做文章：一是速度电版公司股东们的动摇心理，二是伍德急于脱手的股票。搞得好的话，速度电版公司将会成为"连环套"策略的第一环。

雷克莱灵巧利用了一些微妙的关系，并且竭力保持自己的良好信誉，终于以20万美元的短期付款方式从伍德手中取得了价值百万元的股票。随后，他又在速度电版公司的股票已经下跌的形势下，用比当时议价低5%的现款付清了伍德的其余股款。伍德虽吃了十万美元的亏，但他仍庆幸自己把全部股票脱手了。实际上，速度电版公司股票的价格不可能长时间大幅度下跌，因为这种股票的实际价值已经超过了市价。雷克莱以伍德的股权融资，收购了那些小股东们急于脱手的股票。当速度电版公司的股票跃为热门股时，雷克莱已经拥有该公司53%的股权。此刻，他马上发起召开临时股东大会，并顺利地当选为董事长。雷克莱走马上任之后，把公司的名称改为"美国速度公司"。他决定将美国速度公司作为自己发展的大本营。

为壮大这个公司，雷克莱认真经营，使本公司股票变成强热股票。不久，他又将美国彩版公司与美国速度公司合二为一了。

在不到一年时间里，雷克莱从证券交易所普通分析员一跃而成为大公司的董事长。人们会问：他哪里来这么多资金呢？的确，他在控制速度电版公司之前，手头只有二十几万美元。后来。他用炒股票的方式夺得了这家公司，他的财产一下暴增了几十倍。接着。他用美国速度公司财产做抵押，买下了美国彩版公司。这种有形的扩展，并不是雷克莱的主要收获。他的主要收获是：美国速度公司的成长和吞并美国彩版公司的成功，使他对"不使用现款"的策略信心十足，这也使他实现自己的宏图大志有了一个主要的动力。

初施计谋得手之后，雄心勃勃的雷克莱觉得明尼亚波里斯对他来说似乎是狭小了一些。要想大干一番，就应该到纽约去。于是，雷克莱果真从明尼亚波里斯到了纽约。在纽约这个大都会，很少有人知道雷克莱的名字，当然更没有什么人知道他的"连环套经营法"，甚至没有人知道他建立美国速度公司的事情。被人冷落确实是一件痛苦的事。雷克莱后来曾大发感慨："纽约工商界人士的眼睛是最势利的，他们只认识对他们有用的人，也只跟那些有名气的人交谈。对无名小卒，他们是不屑一顾的。"这番话无疑是他初到纽约时的深切感受。

雷克莱到纽约后意识到，要想跻身于纽约工商界，必须自我宣传一番。于是，他先在犹太籍的商人中间传播所谓"连环套经营法"。不料，他的宣传引起纽约工商界人士的反感和报界的批评。原来，米里特公司的负责人鲁易士和金融专家汉斯在几年前就企图使用"连环套经营法"来扩大自己的企业，结果以失败告终。由于失败，汉斯跑到芝加哥自杀了。从此纽约工商界人士把"连环套"的办法称为经营上的自杀行为。

　　具有犹太人血统的雷克莱毕竟不同于鲁易士和汉斯，别人认为无法做的生意，他可以从中赚大钱；别人认为无法求发展的环境，他也能找出办法来求发展。

　　雷克莱找到李斯特长谈了一夜。通过这次交谈，雷克莱意识到，报界的批评起了反宣传的作用，使公众知道他的存在。目前要紧的是尽快用"连环套经营法"的成功事实来证明自己的业绩，并马上找到一家知名度高、经营管理不善的公司。经李斯特介绍，雷克莱进入了 MMG 公司。这是一家拥有多种销售网络、多样化经营的公司。

　　雷克莱在进入 MMG 公司一年多的时间里，充分发挥了他的经营才能，在他的努力下，该公司的营业额扩大了两倍多。不久，该公司的主要负责人有意要退休，雷克莱不失时机地买下了 MMG 公司，并把它置于美国速度公司的控制之下。这样，他就在纽约奠定了第一块基石。

　　当时，MMG 公司的另一个大股东是联合公司，这也是一家拥有几个连锁销售网的母公司。雷克莱把 MMG 公司的股权转卖给联合公司，而从另外的渠道获得了联合公司的控制权。雷克莱控制了联合公司，也就间接地控制了 MMG 公司。

　　第一个连环套搞成之后，雷克莱继续盘算下一步，目标即联合公司的控制人之一格瑞。格瑞的重要关系公司是 BTL 公司，这是一家拥有综合零售连锁网的母公司。虽然这家公司经营状况不太好，但是，雷克莱凭着自己从事股票交易的特殊才能和精确分析，认为 BTL 公司值得投资，如果获得 BTL 公司的控制权，自己的企业又可以增加一个连环套了。

　　BTL 公司的规模很大，雷克莱要想一下子获得它的控制权很不容易。于是，他重施故伎，先给人们造成一个该公司势弱的印象，然后大肆购买别人所抛售的 BTL 公司的股票，并把联合公司的财产抵押出去，以便将整个财力都投于 BTL 公司。最后，雷克莱终于获得了 BTL 公司的控制权。

雷克莱获得 BTL 公司之后，名声大振。1957 年，在《财星》杂志上有一篇评论雷克莱的文章这样写道："雷克莱巧妙的连环套是这样的：他控制美国速度公司，美国速度公司控制 BTL 公司，BTL 公司控制联合公司，联合公司控制 MMG 公司"。

雷克莱并不满足于控制 BTL 公司，他又开始研究一套新的经营方法。他把连环套中的公司进行合并，即把 BTL 公司、联合公司和 MMG 公司的各不相通的连锁销售网合并起来，形成一个庞大的销售系统。在这个庞大的销售系统中，雷克莱把 MMG 公司作为主干。他这样做的主要目的是为了缩短控制的通路。过去他控制 MMG 公司要经过 BTL 公司和联合公司，现在完全颠倒了过来，他直接控制 MMG 公司，再由 MMG 公司直接控制 BTL 公司和联合公司。

由此可见，雷克莱的"连环套经营法"已有重大变化。以前单线控制，现在是双线、甚至多线控制了。

雷克莱心目中的大帝国式的集团企业已经略有眉目，因此，他的胆子更大了，他的注意力由纽约转到了全国各地，凡是他认为有利可图的企业，他都想插一脚。1960 年，雷克莱的 MMG 公司用 2800 百万美元买下了俄克拉荷马轮胎供应店的连锁网。不久以后，雷克莱又买下了经济型汽车销售网。

虽然雷克莱进行了多角化经营，而且一连买下两个规模不小的连锁销售系统，但距他"十亿美元企业"的目标还差得很远。他明显地感觉到，必须向那些巨大的公司下手才行。1961 年，拉纳商店在经营上发生了严重问题，老板有意出让经营权。这是美国最大的一家成衣连锁店，雷克莱当然不会错过机会。他亲自出马洽谈，结果以 6000 万美元买下了这个庞大的销售系统。

雷克莱对"不使用现款"的策略已得心应手，所属企业像滚雪球似地不断增大，其发展速度也比以前加快了。几年中，他又买下了在纽约基层零售连锁店中居于主导地位的柯某百货店和顶好公司，还买下了生产各种建筑材料的贾奈制造公司和世界著名的电影企业——华纳公司以及国际乳胶公司、史昆勒蒸馏器公司。这些公司都在 MMG 公司的控制之下。雷克莱的"基地"——美国速度公司也在不断壮大，在不长的时间内，有很多公司陆续被纳入他的控制范围，其中比较著名的有：美国最大的男人成衣企业科恩公司和李兹运动衣公司。最后，当李斯特把自己的格伦·艾登公司也卖给雷克莱时，他的企业规模已经达到理想的程度，他所拥有的资本已超过十亿美元。

雷克莱凭借"纸契"（包括合约书和抵押权状）扩大企业的做法，经历了大风大浪的考验。换句话说，他在扩展自己企业的过程中并非一帆风顺，有两次危机几乎把他苦心创建的基业冲垮。

那是 1963 年的事。当时，股票市场受到谣传的影响，股票价位发生变动。有一家很著名的杂志也旧事重提，批评雷克莱倒金字塔式的企业结构很有问题，这使敏感的投资者在心理上产生恐慌，有些人开始大量抛售雷克莱的股票，股票价位也随之大幅度滑落。

幸亏雷克莱在商场的人缘不错，使他在股价一路下跌的困境中，获得了至少两大企业集团的全力支持，他们连续买进雷克莱的 20 万股股票，总算把阵脚稳住了。可是，新的麻烦又接踵而至，而且麻烦是在他的内部发生的。

当股票风波平息之后，雷克莱急需一笔现款，他打算把拉纳的商店卖给格伦·艾登公司（此时格伦·艾登公司还不在 MMG 公司控制之下）。然而，MMG 公司的股东们都不赞成这样做，他的这个建议不得不搁浅，不知是谁把内部消息传出去了，雷克莱随即又陷入困境，MMG 公司的股票价位下跌，连美国速度公司也受到了牵连。

此时，如果雷克莱没有一笔巨大的资金可以动用，他的整个企业系统即将崩溃。这种时候，真是"一文钱难倒英雄汉"，拥有众多企业的雷克莱，对于几千元的债权人也只得低声下气了。因为他提款的一切渠道都被银行大亨们冻结了。另外，雷克莱集团企业中的重要人物和分支机构的负责人正在频繁约会，商讨是否应该让雷克莱继续充当企业领导。内部压力大，外部的情况也不乐观，很多投资者对雷克莱的股票表示不信任，都争着脱手。

身为亿万富翁的企业家雷克莱，当然不是一个容易被击倒的人。他很快拟订了一个整顿计划，并将它提交董事会审议。经过讨论，股东们认为仍由雷克莱主持公司利多弊少，因为他拟订的整顿计划有几个切实可行的方案。

第一个方案：利用关系，说服了华尔街的大亨们信任雷克莱，使他们感到只有由雷克莱继续负责经营，企业的连环套才不会解体。雷克莱如愿以偿了，华尔街的银行家们公开表示：他们对雷克莱企业的投资将不撤出。大亨们的举动起了很大的作用，雷克莱公司的股票在市场上止跌回涨。

第二个方案：缩减企业组织，关闭那些不赚钱的或利润低的商店。这一方案是为了增加现金储备。雷克莱在危机中深深地领悟到，收购别人的公司，扩大企业组织，可以运用"不使用现款"的策略。但在日常经营时，如果没有足够的现金可供调度，往往会出现被动局面。过去，雷克莱为了支撑规模庞大的公司架子，设置了很多盈利甚微，甚至根本不赚钱的商店。结果，销售机构的数量增加了，而整个企业的资金占用过多，开支很大，盈利率显著降低。股东们都批评他摆空架子。好在雷克莱并不刚愎自用，他果断地关闭了那些地点设置不妥、经营不善的店铺。

这一措施居然产生了意外的良好效应：一是鞭策了公司全体成员拼命工作，大家都千方百计增加营业额；二是缩短了商品供应的距离，增加了供销的机动性。以前，一家仓储批发店要供应

100 家零售店的商品，精简后，只供应 70～80 家就可以了，而且，零售店的布局也更加合理；三是减少投资，并消除了资金占用过多的现象。

第三个方案：重用沙姆·尼曼，提升他为 MMG 公司的总经理。这不单纯是一个人事变动。它对雷克莱的企业具有稳定人心的作用。尼曼也是以色列人，他跟雷克莱是同乡。他的最大长处是：不嫉妒有才能的人。

尼曼的这个长处对雷克莱的事业发展起到了很好的促进作用。"识人善用，让每个人做他能做的工作，使每个人在各自的岗位上充分发挥其才干，这是使企业充满生气的一个基本保证。"尼曼曾对雷克莱强调这一点。哪一位老板不希望自己的企业人才济济？如果企业的职员都是些惟惟诺诺的庸碌之辈，这个企业还会有什么前途？但讲道理容易，实行难。要招贤用能，不仅需要老板自己有"雅量"，而且需要有一批忠于公司、慧眼识人的高级主管。有一次尼曼向雷克莱推荐一个巡回推销员当经理，雷克莱见过这人，对他印象不太好，这个人的主管也不说他的好话。

雷克莱对尼曼的推荐犹豫不决，尼曼也就不再坚持了。不久，这个人由于和主管合不来，很快就辞职不干了。后来这个推销员被别的大公司雇用。他在那家公司干了不到半年就受到老板的器重，当了生产部的经理。由此看来，尼曼确有容人之量和识人之能。

不论是 MMG 公司，还是美国速度公司，有很多经理人员都是由尼曼举荐提升的。因此，在出售拉纳商店的提议被搁置以后，由尼曼出任总经理，无疑对雷克莱的庞大企业会起到安定的作用。

雷克莱的企业走上正轨不到两年的时间，另一个打击又猝然来临了。1965 年，MMG 公司向银行借的一部分款已经到期，而贷款的银行对雷克莱表示不信任，拒绝再延期。对雷克莱来说，这个消息犹如晴天霹雳。企业刚刚实现经营正常化，一下子要付出巨额现款，这是根本不可能的。更严重的是，银行一撤回贷款，其他的债权大户对雷克莱的信心也发生了动摇，一个个都急着向雷克莱收回借款。这种火上加油的行为，使局势更加险恶。

雷克莱四外奔走，托了很多人疏通关系，企图渡过难关。结果，一切努力均告失败。几位银行家要清理他的企业。在债权人大会上，银行家们都希望李斯特来接替雷克莱，并声明，推举李斯特，是因为李斯特的格伦·艾登公司资本雄厚，经营状况良好。出乎银行家的意料，李斯特一口回绝了这一提议。身为债权人的李斯特在债权人大会上给予了雷克莱有力的声援，致使银行家们的企图无法得逞。后来，由于种种原因，李斯特自愿将格伦·艾登公司卖给了雷克莱。这样，雷克莱的声势一下子提高了许多，银行家也不再刁难他了，一些想在雷克莱身上打算盘的小公司更销声匿迹了。

在雷克莱的苦心经营下，美国速度公司和 MMG 公司两大系统控制的企业已有二十多个，而且每个企业都拥有一个庞大的连锁销售网。可是，雷克莱并不满足于"实现十亿美元企业"梦想，他的更大的目标，是要经营一个美国最大的属于犹太人的集团公司。

1967 年春天，雷克莱用格伦·艾登公司的股权作抵押，买下史肯勒公司 20% 的股票。史肯勒公司是美国一家颇有名气的制酒公司，年营业额达 5.5 亿美元左右。雷克莱在收购史肯勒公司股票的过程中，遇到了一个强有力的竞争对手——劳拉德烟草公司，该公司企图与史肯勒公司合并。雷克莱为了加强他对史肯勒公司的影响力，决定增加股票的购买数量。但是，由于劳拉德烟草公司的突然插入，史肯勒公司的股票在市上已不易买到。雷克莱为了达到自己的目的，不得不施展一些手段。

　　几天之后，有些人扬言说史肯勒公司与劳拉德公司合并的事已经告吹。一向敏感的股票市场对这一消息的反应居然出奇地冷淡，史肯勒公司的股票价位并未发生强烈的波动。虽然有人叫喊降低价位，但是有行无市，没有人卖出史肯勒公司的股票。这种情况大大出乎雷克莱的意料。他思忖着再投下一点儿"饵料"。

　　没过几天，史肯勒公司的股票在市场上有了交易。一天上午，有人以每股 55 美元的价格卖出 5000 股。随后，又有人以每股 53 美元卖出 2000 股。虽然这两笔交易的数额不大，但已使史肯勒公司的股票在市场上呈现出不稳定的动向。一些散户沉不住气了，竞相跟着卖出。这样，史肯勒公司股票的卖出气氛转浓。在快收盘时，一个大户竟以每股 50 美元的价格出卖 20 万股。这 20 万股马上就被人买走了，此人就是雷克莱。第二天，股票交易所还没开盘，史肯勒公司和劳拉德烟草公司的代表向公众声称：两家公司关于合并谈判非但没破裂，而且已到达成协议的阶段。消息刚一公布，史肯勒公司股票的价格马上开始回升。在短短三天之内，该公司股票的价格加升到 60 美元一股。此刻，雷克莱把他持有的史肯勒公司的全部股票卖了出去。在前后十天的时间里，雷克莱一进一出，赚了 200 多万美元。

　　让我们简单地回顾一下雷克莱的创业经过。1947 年，他从英国陆军退役下来，回以色列周游了一趟，便带着妻子在美国定居。起初，他是靠替别人做事维持生活。1953 年，他在明尼亚波里斯建立了第一家公司——美国速度公司，这是他筹划中的集团企业的总枢纽。几年后，他在世界第一大都市纽约打开了局面，当上了"十亿美元企业"的总裁。

　　雷克莱以微薄的财务创造"十亿美元的企业"，他靠的是冒险投资。因此，有人说雷克莱是世界上"最大的赌徒"。他对这一绰号并没有提出异议，反而对这个绰号做了延伸性的解释："严格说来，任何投资都要冒险，这确实跟赌博没有多大差别。

冒险投资额越大，赚得就越多。如果你想得到十亿美元的大企业，你就得有输得起十亿美元的胸怀。"

## 斯坦金点评

雷克莱是世界上最大的冒险家。为了实现高远的目标，他能在别人失败的办法上建立自己的企业王国，在短短的十五年中，创造了超速发展的财富神话。

# *061* 美国老太太徒步旅行

**目标确立以后，重要的事就是采取行动。**

一位 63 岁的美国老太太——菲莉皮亚夫人，决定要从纽约市步行到佛罗里达州的迈阿密市。她到达了迈阿密市，在那儿一些记者采访了她。他们想知道，这种长途跋涉的想法是否曾经骇倒过她？她是如何鼓起勇气，徒步旅行的？

"走一步路是不需要鼓起勇气的。"菲莉皮亚夫人答道，"真的，我所做的一切就是这样。我只是走了一步。接着再走一步。然后再一步，再一步……我就到了这里。"

是的，你必须迈出第一步，然后一步一步走下去。否则，不论你花多少时间思考和学习，都是不会有收益的。

## 斯坦金点评

美国老太太看似普通的回答，实际蕴含着深刻的人生哲理。万里长征就是一步一步完成的，哪一步也不能缺少。

# *062* 爱迪生的成功

> 为了你的梦想、目标与成就写一本日记。如果
> 你的生活值得去过，就值得他记录下来。
> ——马里兰·格雷

在爱迪生 55 岁的生日宴会上，有一位老朋友关心地问："好友啊！你的一生成就非凡，在这剩下来的几年，你打算怎么安排自己？"

爱迪生开朗地回答："从现在到 75 岁，我想把时间交给工作。76 岁开始我计划去学桥牌。到了 80 岁，我想和女士好好聊聊。至于 85 岁后，我想学好高尔夫球。"

老朋友继续问："那 90 岁以后的你，想要做些什么呢？"

爱迪生和蔼地说："我安排的计划不会超过 30 年，太短就缺乏远见，太长又不切实际不好掌控。"爱迪生 75 岁生日时，老朋友又问同样的问题，这回爱迪生这么回答："我从工作当中获得无穷的快乐，我仍然有数不清的构想，这些事情足够我忙上几百年啊！"

爱迪生 80 岁以后仍没有退休，当时他正在进行人造橡胶的实验，直到 84 岁逝世当天，还依然埋首工作。

## ◆◆◆◆◆◆◆◆◆◆◆◆ 斯坦金点评 ◆◆◆◆◆◆◆◆◆◆◆◆

　　爱迪生的成功，在于用正确的方法去努力与不断的尝试，为自己妥善地安排好计划，一旦目标确定，整个生命就专注投入，朝目标努力。所以请给自己积极的动力，不要畏首畏尾、踯躅不前。

# *063* 信念的力量

　　　　信念是一把打开成功的金钥匙，无论是贫穷还
　　是富有，都要有坚强的信念做靠山，富有的选择信
　　念做靠山，能使自己事业更加发达，贫穷的人选择
　　信念做靠山，能使自己摆脱这贫穷的处境。

　　鲁西南深处有一个小村子叫姜村，这个小村子因为这些年几乎每一年都有几个人考上大学、硕士甚至博士而闻名遐迩。方圆几十里以内的人们没有不知道姜村的，人们会说，就是那个出大学生的村子。久而久之，人们不叫姜村了，大学村成了姜村的新村名。

　　姜村只有一所小学校，一个年级一个班，以前的时候，一个班只有十几个孩子。现在不同了，方圆十几个村，只要在村里有亲戚的，都千方百计把孩子送到这里来，人们说，把孩子送到姜村，就等于把孩子送进大学了。

　　在惊叹姜村奇迹的同时，人们也都在问，都在思索。是姜村的水土好吗？是姜村的父母掌握了教孩子秘诀吗？还是别的什么？

　　假如你去问姜村的人，他们不会告诉你什么，因为他们对于秘密似乎也一无所知。

　　在二十多年前，姜村小学调来了一个五十多岁的老教师，听

人说这个教师是一位大学教授，不知什么原因被调到了这个偏远的小村子。

这个老师教了不长时间以后，就有一个传说在村里流传。说这个老师能掐会算，他能预测孩子的前程。原因是，有的孩子回家说，老师说了，我将来能成数学家；有的孩子说，老师说我，将来能成作家；有的孩子说，老师说，将来我能成音乐家；有的说，老师说我将来能成钱学森那样的人等等。

不久，家长们又发现，他们的孩子与以前不大一样了，他们变得懂事而好学，好像他们真的是数学家、作家、音乐家的材料了。老师说会成为数学家的孩子，对数学的学习更加刻苦，老师说会成为作家的孩子，语文成绩更加出类拔萃。孩子们不再贪玩，不用像以前那样严加管教，对于学习也都变得十分自觉。因为他们都被灌输了这样的信念：他们将来都是杰出的人，而有好玩、不刻苦等恶习的孩子都是成不了杰出人才的。

家长们很纳闷，也将信将疑，莫非孩子真的是大材料，被老师识破了天机？

就这样过去了几年，奇迹发生了。这些孩子到了参加高考的时候，大部分都以优异的成绩考上了大学。

这个老师在姜村人的眼里变得神乎其神，他们让他看自己的宅基地，测自己的命运。可是这个老师却说，他只会给学生预测，不会其他的。

过了几年，这个老师年龄大了，回到了城市，但他把预测的方法教给了接任的老师，接任的老师还在给一级一级的孩子预测着，而且，他们坚守着老教师的嘱托：不把这个秘密告诉给村里的人们。

我的几个好朋友就是从姜村走出来的，他们说，他们从考上大学的那一刻起，对于这个秘密就恍然大悟了，但他们这些人又都自觉地坚守起了这个秘密。

听完这个故事，我一直在被这个可敬的老师感动着。人世间还有什么力量能超过信念的力量呢？他通过中国最传统的方式，在这些幼小孩子的心灵里栽种了信念啊！

## 斯坦金点评

自己心中有信念、有奋斗方向、有前进目标，这一点非常非常重要，心中有信念、有目标，你的人生才会有色彩。

# ·卷 六·

# 人 生 智 慧

　　人活一辈子都要建设人生。失掉建设心的人，没有不垮台的。

　　人生有两种悲剧：一是万念俱灰；另一是踌躇满志。

　　莫在祖先的帐中沉睡。世界在前进，要与它一起前进。

# *064* 在河里救人

没有人愿意做事倍功半的事情。

有个人站在一条河的河边上，突然间听见有人在湍急的流水中呼救。见到这种情景，他毫不犹豫地纵身跳进滚滚洪流之中，费尽全力把那个半溺死的人救了出来，随即施以人工呼吸，包扎了伤口并电告医院前来救治。

当他喘息未定时，又听见两个人在河水中或浮或沉的呼救声，他再一次大胆地跳下河去，结果救上来两位妇女。

在他还来不及想到是出了什么事之前，又听见另外四个人在河里的呼救声。

经过这一番折腾，很快地这个人便筋疲力尽了，可是河里的呼救声依然未断。如果他能抽点时间，往上游走一小段路，就会发现有一帮人不停地把人丢下河去。所以，这位仁兄如果能查究一下原因，就不必浪费时间和体力于救人了。

同样的道理，如果你能了解主宰系统的运作方式，就不会对某些行为感到不解，更不必浪费精神和体力于徒劳无功的事上了。

## ◆◆◆ 斯坦金点评 ◆◆◆

解决问题要从根本上着手。

# *065* 开锁不一定要用钥匙

> 一个具有天才的人，必具有超人的性格，绝不
> 遵循常人的思想和途径。
>
> ——司汤达

两个儿子大了，犹太富翁老了。

这些日子富翁一直在苦苦思索，到底让哪个儿子继承遗产？富翁始终拿不定主意。

想起自己白手起家的青年时代，他忽然灵机一动，找到了考验他们的好办法。

他锁上宅门，把两个儿子带到一百里外的一座城市里，然后给他们出了个难题，谁答得好，就让谁继承遗产。

他交给他们一人一串钥匙、一匹快马，看他们谁先回到家，并把宅门打开。

马跑得飞快，所以兄弟两个几乎是同时回到家的。

但是面对紧锁的大门，两个人都犯愁了。

哥哥左试右试，苦于无法从那一大串钥匙中找到最合适的那一把；弟弟呢，则苦于没有钥匙，因为他刚才光顾着赶路，钥匙不知什么时候掉在了路上。

两个人急得满头大汗。

突然，弟弟一拍脑门，有了办法，他找来一块石头，几下子

就把锁砸了，他顺利进去了。

自然，继承权落在了弟弟手里。

## ◆◆◆◆◆◆ 斯坦金点评 ◆◆◆◆◆◆

人生的大门往往是没有钥匙的。在命运的关键时刻，人最需要的不是墨守成规的钥匙，而是一块砸碎障碍的石头！

# *066* 猴子的价值观

熊瞎子掰包米——掰一棒丢一棒。

——中国歇后语

在美国流行这样一则寓言：

从前有一只猴子，拿着一把豆子，行走时不小心掉了一颗豆子在地上。它便将手中的其他豆子放在地上，回头去找掉落的那一颗。结果，非但没找到那颗掉落的豆子，回头时，那些放在地上的豆子，也都被鸡鸭吃光了。

猴子手中那把豆子，就像每个人能拥有的一切，例如：健康、金钱、声望、地位、面子、尊严、权力、爱情、学位……为了一颗"豆子"（学位、权位、爱情……）而把其他放弃，这样做，到底是因小失大、愚昧无知，还是有其可取之处呢？多数人可能认为猴子的做法是愚笨的，但有人却认为是值得的，譬如有人为了爱情，牺牲了财富、声望，最后甚至自杀。但是还是没有得到爱情，你说他是个忠于爱情的纯情者，还是一个毫无可取之处的大笨蛋呢？

## 斯坦金点评

人生固然不能求全，求完美，不可能什么都得到。但也不应为不值得的事情而丢弃大的方面。

# *067* 智者的混

> 思索是人生的导师。不假思索地对待一切，绝
> 对不会抓住成功的机会。肯定是碌碌无为，一事无
> 成；只有不断思索才能找到正确的方法取得成功。

从前在蒙古国，有一个快活、机智的游僧。一次，他路过草原，碰见一个牧民无精打采地走着，手里拿着一条马尾巴。

"你出什么事了，为什么这样悲伤？"游僧关心地问他。

"我遭到了不幸！"牧民伤心地说，"一群狼把我的最后一匹马吃掉了，只剩下一条尾巴。你想想看，没有马我可怎么活啊？"

游僧听了很同情，说："把马尾巴给我，你在这儿等着，我保证给你换回一匹比原先还好的马。"

牧民把马尾巴递给了游僧，就地等候。

游僧拿着马尾巴来到一个村子，那里住着一个贪婪奸诈的王爷。游僧在他的帐篷附近找了一个狐狸洞，使劲把马尾巴塞进洞里，用两只手抓着马尾巴。

过了一会儿，王爷骑着一匹快马疾驰而来，他看见游僧的样子很蹊跷，便停下，好奇地问道：

"你在这儿干什么？干嘛揪着马尾巴？"

游僧回答说：

"我在这儿放马，一不留心，它钻进洞里去了。幸亏我跑得快，总算抓住了马的尾巴，否则就要失去一匹好马了。我先休息一下，就把它拽出来。"

"是匹什么马，跑得快不快?"贪婪的王爷问道。

"它跑起来像风驰电掣一样，脚蹬子都磨坏了。我驾着它一天能绕地球跑七圈。它的鬃毛像高山顶上的白雪，两耳之间可以放置十头骆驼，它抬起前蹄往上一蹿，鬃毛能触到云霄。"

世上哪有这样的好马! 王爷听了垂涎三尺，扑通一声从马背上跳了下来，推开游僧，就去抓马尾巴，还翻脸训斥游僧；"谁允许你在我帐篷周围放马的? 立刻给我滚开!"

"唉哟，我的脚磨出血了，走不动路，请你给我想个办法吧!"游僧装着可怜巴巴的样子哀求道。

"你骑我的马走吧! 把马尾巴给我。你给我滚远一点，我不愿意在我的帐篷周围见到你了。"王爷吼叫着。

游僧悻悻然骑上王爷的那匹快马，一溜烟向草原跑去，跑到那个牧民跟前，把马交给了他，自己又到各地漫游去了。

### ◆━━━━ 斯坦金点评 ━━━━◆

《孙子兵法》说"利而诱之"，机智的游僧利用王爷贪婪好利的心理，以一匹只露出马尾巴的莫须有的好马诱他上钩，结果换得了对方一匹好马。

这就是智者的混，他靠的是智慧而不是撞大运。

# *068* 追求最重要的价值观

> 只有澄清自己的价值观，才能找到准确的方向，获得前进的动力。
>
> —— 拿破仑·希尔

当一个人知道了自己的价值观后，就能更清楚地明白自己的作为，不致于东撞西撞。此外，知道别人的价值观也是件重要的事，特别是那些跟你有密切关系或生意上有往来的人，因为当你了解了他们的价值观，就等于掌握了他们的人生指南针，能看清他们的决定过程。

> 你一定要知道自己的价值体系是什么，因为排在最上头的那些价值才能够把你带到幸福的人生。当然，要想知道这些最重要的价值观，你就必须好好地把它们排列出来，然后每天的所作所为都得符合这些价值观才行。如果你做不到，就必然得不到所想要的人生，甚至过的都是空虚且不幸福的日子。

安东尼·罗宾有个女儿名叫裘莉，因为生活常常能符合她最高的价值观，因而日子过得很快活。由于裘莉很有艺术天分，是个天生从事演艺生涯的料子，因此，她在 16 岁时便参加了迪斯尼乐园的表演甄选。她认为只要被录取就可实现她所谓的"有成就"的价值观。裘莉的确不简单，当场打败了另外 700 位角逐的女孩，赢得了出场"夜间游行"的一纸合约。

当她得知这个消息时兴奋得不得了，罗宾和太太以及裘莉的朋友都为她高兴，并以她为荣，心想今后可以有机会在周末时去看她的表演。然而迪斯尼乐园为裘莉安排的表演紧凑得很，除了周末之外还包括每天晚上，可裘莉的学校尚未放暑假。

为了这纸合约，裘莉每天下课后得开三个小时的车，从圣地亚哥去到洛杉矶的迪斯尼乐园，先排演然后再表演，几个小时后，她还要拖着疲惫的身子再开两个多小时的车，等到了家时已是深夜。

第二天清早，裘莉还得赶到学校上课，因为睡眠不足，她经常爬不起来。像这样长时间的疲劳战使得她苦不堪言，尤其是表演时还得穿着笨重的戏服。没多久，她对这份工作的热情便冷却了下来。

更糟糕的是，就裘莉的角度来看，她认为这么紧凑的生活步调对她个人的生活影响很大，使她没有多余的时间跟家人及朋友欢聚。自从裘莉接了这份工作，罗宾也发现她情绪低落的次数越来越频繁，有时候连帽子不小心掉在地上都会引得她落泪，同时抱怨的次数也越来越多，这跟她先前给人的印象完全不同。

让她终于受不了这份工作的原因，是有一次，她们全家要到夏威夷度假大约得三个礼拜，由于裘莉还得去迪斯尼乐园工作而不能与大家同行，这一次终于让她的思想崩溃了。

一天早上，裘莉哭着来找罗宾，一脸的沮丧、不快和困惑，这副表情简直让人不敢相信，六个月前她还因为得到那纸合约而兴奋莫名，谁会想到，今天迪斯尼乐园的表演竟然会成为她的梦魇。她会在这么短的时间里有这么大的转变，主要原因是因为她在表演上花的时间太多，剥夺了她与家人和朋友共聚的机会；除此之外，由于裘莉过去经常协助罗宾的工作，从中获得了很多有利于她成长的知识，如今却由于迪斯尼的表演而使她失去那些机会。因为每一年从全国各地，甚至从世界各国来参加罗宾研讨会的人成千上万，跟这些朋友交往使裘莉的眼界扩大甚多，也成长甚多，那不是仅仅在迪斯尼乐园表演上能得到的。

能在迪斯尼乐园表演是她长久的心愿，因为那在她心中具有"成就感"的价值观，可是却让她无法参与协助罗宾的研讨会，得不到更多成长的机会，这使得她内心颇为矛盾，不知如何是好。

为了帮助她解开这个结，罗宾请她静下心好好把心中认为最重要的四个价值观写下来，结果她写下的分别是：

① 亲情

② 健康

③ 成长

④ 成就感

在了解了她这个价值体系之后，罗宾觉得可以帮助她清楚地知道如何做一个决定，一个对她有帮助的决定。随后罗宾便向她问道："到底在迪斯尼乐园表演能带给你什么？这份工作对你有何重要之处？"她告诉罗宾说，一开始她是非常高兴能得到这份工作，因为那是个结交朋友的好机会，同时工作有趣并能得到掌声，这让她觉得颇有成就感。

然而在做了半年之后，她不再觉得这份工作有什么成就感可言，因为她觉得没有什么成长的机会，而她认为还有其他可以使她有成就感的事可做，甚至于成效更大。最后她沮丧地说："我觉得有些心力交瘁，不仅健康受到影响，同时也丧失很多与家人共处的机会。"

听她这么一说，罗宾接口道："如果你是这么想，那么稍微做个改变，看看对你会有什么帮助？譬如你辞去迪斯尼乐园的工作，就可以多陪陪家人，甚至也可以一同去夏威夷，请问这对你是否有意义呢？"

当罗宾说完这段话后，裘莉的脸顿时开朗起来，她冲着罗宾嫣然一笑，说道："好吧，就依你的建议，我很愿意跟你们一道儿，甚至于我还能有更多时间陪陪朋友。真高兴能重获自由，我得好好休息一下，然后积极运动运动身子，好恢复先前匀称的身材。我想在学校里也可以找到成长和有成就感的机会，就把成绩始终维持在甲等当作我的目标吧！能丢掉困扰我的包袱，真是高兴！"

裘莉的这些话清楚地说明了她的下一步要怎么做，在此之前她的痛苦十分明显，会造成这种结果，是因为在进入迪斯尼乐园工作之前，她价值体系最高层面的三项分别是亲情、健康和成长，不过当时她都已经拥有却未放在心上，因而去追求更下一项的成就感，不过，这样一来虽然使她得到了成就感，却同时失去了亲情、健康和成长，即她先前最重视的三个价值。

## 斯坦金点评

裘莉这件事只是个很平常的例子，但由此我们却必须记住，得时时致力于追求价值体系最前面的那几项，因为那对我们的人生最重要。其次我们要记住的是，永远有方法可以使我们同时兼顾到所有的价值，可不要为了追求某一项而轻易放弃其他的。

# *069* 对虾纪念品

> 提出新问题、新可能，从新的角度去看旧问题，这些都需要创造性的想像力。
>
> ——艾伯特·爱因斯坦

犹太商人比蒂偶然在市集上看到一种观赏小虾，它们生活在石缝中，十分好看。据说这种小虾自幼就习惯于成双成对地在石缝中生活，长大后一起在里面度过它们的一生。渔民们根据这种虾的特性，捕捞后将它们成双成对地分置于加工过的注水石缝中，作为观赏性的小宠物出售。

比蒂大脑立即产生联想：这种小虾性格温柔可爱，并且具有一种从一而终的精神，这不正是爱情专一不变的象征么？比蒂深感这将是一种独具特色、极有前途的商品。经过一番筹划，他开办了一间结婚礼品店，专卖这种小虾。

经过精心设计的对虾纪念品，是使用一个小巧玲珑的玻璃箱，将人工制作的假山石置于其中，成为小对虾的"房子"，再装饰一些水底植物，注入清水，对虾在箱里生活得十分安逸。整件纪念品显得非常雅致高贵。比蒂为每件纪念品附上简短的说明，把小对虾从一而终、白头到老的经历描绘得真切感人，引得新婚夫妇纷纷购买。许多老年夫妻也将这种寓意深刻、美观可爱的小宠物买回家做观赏和纪念。

很快，对虾产品成为最畅销的纪念品，没几年的时间比蒂便腰缠万贯了。

## 斯坦金点评

与众不同的思维方式造就一个商人的生财之道。要想赚钱，要想比别人赚更多的钱，就要积极寻求大家不做的，大家没做的，这才是一个成功的商人的精明之处。

# *070* 指点乞丐行讨

　　有些事情，只要你稍加思考，从而行动，就会收到你意想不到的效果。

　　在两次世界大战期间，几乎没有人比阿伯特·戴维森的谋生方式更奇异了。这话得从他拒绝向乞丐施舍一个硬币说起。

　　"赏个小钱吧，先生。"一天，一个流浪汉向他乞讨。

　　当时的戴维森是个演员，已经"休息"了很长时间。因此他没好气地说："别纠缠我，我也是身无分文。"

　　在乞丐转身走开时，戴维森发现他失去了左臂，但是脸色红润，衣着一点也不破烂。

　　"等一等，"戴维森把他叫住，问："你知道我为什么一个子儿也不给你?"

　　乞丐不屑回答地摇了摇头。

　　"因为你看上去境况比我要好，"戴维森告诉他，"你跟我来。"

　　回到住所，戴维森拿出自己的化妆盒，开始朝那个乞丐的脸上涂抹油彩，一会儿工夫，那个乞丐就有了一副苍白的面容，脸上呈现出憔悴的皱纹，头发也被几剪子剪得乱蓬蓬的。

　　"你昨天挣了几个钱?"戴维森问。

　　"4 元。"

"那好，去试试今天能否多挣几个。"

两天后，这个乞丐来到戴维森的住所，交给他 5 元钱。化妆后的第一天，他挣了 30 元钱，这个数目近乎他从前最高所得的七倍。

没过多久，其他乞丐也纷纷前来求助。

这个演员向每个人收费 2 元，把他们装扮成一副孤独凄苦和绝望无助的样子，提示他们恰当掌握哀诉的嗓音。

在头一个月里，他每天给 18 个乞丐常客化妆。一年工夫，他搬进了一所条件良好的住宅，有了一部小汽车和一大笔银行存款。

一连 16 年，他忘记了自己当演员的生涯，接触了成千上万的纽约乞丐。后来有一天，纽约市政厅向他们颁布了一项禁令。这是一个不明智之举，因为这些人全是选民。

一次，2 万名乞丐在布朗克斯举行集会。这些人中，有 17000 人是（或曾经是）戴维森的顾客。他们的首席发言人在会上宣布："我们需要的是能为我们说话的受过教育的人。"

戴维森就这样成了纽约市乞丐协会的秘书长。

戴维森曾经承认，他从未梦想过这种指点乞丐行讨的行当会像滚雪球似地越滚越大。

又这样干了几个月后，他发现自己再难独撑下去，因此不得不去请几位演员同伴来做帮手。

## ◆◆◆━━━ 斯坦金点评 ━━━◆◆◆

乞讨也要动脑和找窍门。在我们的日常生活中，没有什么是不需要动脑、不遵循一定的规则就能够很好完成的事情。

# *071* 最完美的树叶

其实平淡中往往也蕴含着许多伟大与神奇。

曾经听说过这样一个故事：

一位老和尚想从两个徒弟中选出一个做衣钵传人。一天，老和尚对徒弟们说，你们出去给我拣一片最完美的树叶。

两个徒弟遵命而去。

不久，大徒弟回来了，递给师傅一片并不漂亮的树叶，对师傅说，这片树叶虽然并不完美，但它是我看到的最完整的树叶。

二徒弟在外面转悠半天，最终却空手而归，他对师傅说，我见到了很多很多的树叶，但怎么也挑不出一片最完美的。

最后，老和尚把衣钵传给了大徒弟。

"拣一片最完美的树叶"，人们的初衷总是美好的，但是，如果不切实际地一味找下去，最终往往只会吃尽苦头且一无所获。直到有一天你才会明白：为了寻求一片最完美的树叶，而失去许多机会是多么的得不偿失。况且，人生中最完美的树叶又有多少呢？世间的许多悲剧，正是因为一些人热衷于追求虚无飘渺的最完美的树叶，而忽视平淡的生活，其实平淡之中往往也蕴含着伟大与神奇。关键是你以什么样的态度去面对它。

拣一片最完美的树叶需要拥有一份理智、一份思索、一份对自身实力的审视和把握。

人生中，不要只是好高骛远，而应该静下心来，一步一个脚印地去拣你认为是最完美的树叶。

## 斯坦金点评

世界上本没有最完美的树叶，永远也没有。有的只是你心中的认定。

做事不必要求完美，只追求成功率即可。

# *072* 国王的手

希望可以帮助我们的内心产生一种力量。

听过这样一个故事：

一位年轻的大臣犯了死罪，被带到国王的面前。因为他是一个正直的好臣子，国王便给了他一个可能活命的机会，那就是必须答对国王提出的一个难题。

大臣低垂着头，戴着沉重的镣铐，静静地等待国王的问题。

昂首阔步的国王抬高了紧握着的右手，说："我的手中藏着一只蟋蟀，你猜猜看，它是死是活？"

聪明的大臣看穿了国王的心意，脸色苍白地说："尊贵的大王啊，我和蟋蟀的死活都在国王的手中啊！"

国王听了仰天大笑，张开手，蟋蟀一跳便跳走了。开心的国王亲自为大臣打开镣铐，原谅了他的过失。

故事中的蟋蟀就像我们的命运；国王正是我们自己。

这只国王的手就叫"希望"。

婆娑世界用简单的语言说出来就是"还可以忍受的世界"，也就是说充斥在我们生活中诸如生老病死、悲欢离合等种种痛苦都是可以承受得住的。

为什么承得住呢？因为有"希望"。

希望像一盏小小的灯火，让我们在苦难中看到光明和美好的一面——只要放开握着的手，就可以拥有自己跳跃的命运。

希望可以帮助我们的内心产生一种力量。希望让我们相信现在的悲惨和不如意是可以转化的；希望就像在广阔的荒原中看见远处有一丛繁盛的花。

怎样才能看见这一丛远远开放的花呢？

第一、要以一种开放的姿态来面对人生。国王的手掌放开了，蟋蟀才得以跳出去；国王的心胸放开了，才有足够的空间去包容大臣曾经犯下的过失。在荒原中放眼眺望，视角扩大了，才看得见原先在视线盲点中的野花。

有一首歌，名字叫《终于放手》，这个歌名非常有意思。"终于放手"——听起来就有一种释然的感觉：经过了千山万水，历经了种种想念、矛盾和心痛，终于放手了——终于可以用一种坦然的态度去承受人生的悲苦；所有不愉快的事情让它轻轻留在记忆里，当做是一次经验或者一个过程的记录吧。从此海阔天空，心，是更自由了。

为什么过去总是忧愁苦恼呢？因为没有以一种开放的态度来面对；因为还没有找到一个角度适当、可以放眼眺望、综合全局的位置。

所以，第二要站在一个超然的位置上去观察人生。

生命是如此川流不息，像车轮的滚动一般。而在生命的轮胎上却找不到一个永恒的据点。

生命是如此迅速地转动着，生老病死在转动着，喜怒哀乐也在不停地转动——一切是那么地虚幻不实，过眼刹那即成云烟。为什么还要常常以为悲伤是不会痊愈的呢？

时间不住地流转，新的事件发生了、新的因素像冰块一样加进了旧有的情绪里头，把它调稀、调淡或者调浓。

因为世间是无常的，所以没有永远的悲苦，也没有永久的怨恨；因此美好光明的希望便成为可以实现的目标。

炎热的天气，你为自己的矿泉水加进了一颗冰块，使它变得清凉可口；那么，绝望的时候，为自己的人生加进一颗希望的冰块吧。悲伤的时候，可以放进欢喜的冰块；愤怒的时候，就要放进宽慰的冰块。

一时的得失并不算什么，因为它们即将成为过去。失败了？没关系，收拾心情，再努力一次吧！成功嘛，也不值得踌躇满志，那只是一次美好的因缘际会。

## 斯坦金点评

"希望"之手实际是在我们自己的身上。命运应掌握在自己的手中，而不应该掌握在他人的手中。

# *073* 超级思维

转变思维，可能达到更好的效果。

一个刚退休的老人回到老家——在一个小城买了一座房子住下来，想在那儿宁静地打发自己的晚年，写些回忆录。

刚开始的几个星期，一切都很好，安静的环境对老人的精神和写作很有益。但有一天，三个半大不小的男孩子放学后，开始来这里玩，他们把几只破垃圾桶踢来踢去，玩得不亦乐乎。

老人受不了这些噪音，于是出去跟孩子们谈判。"你们玩得真开心"，他说，"我很喜欢看你们踢桶玩，如果你们每天来玩，我给你们三个每人每天一块钱。"

三个小男孩很高兴，更加起劲地表演他们的足下功夫。过了三天，老人忧愁地说："通货膨胀使我的收入减少了一半，从明天起，我只能给你们五毛钱。"

小男孩们很不开心，但还是答应了这个条件。每天下午放学后，继续去进行表演。

一个星期后，老人愁眉苦脸地对他们说："最近没有收到养老金汇款，对不起，每天只能给两毛了。"

"两毛钱？"一个小男孩脸色发青，"我们才不会为了区区两毛钱浪费宝贵时间为你表演呢，不干了。"

从此以后，老人又过上了安静的日子。老人退休前，是一家单位的工会主席。

## 斯坦金点评

对于人生加诸于我们的种种不如意之事，要用智谋去处理，而尽量不采取鲁莽、粗暴、简单的办法。

# *074* 老师的人生作业

有备而战，不以物小而不为。稳扎稳打、持之以恒，这就是成功的因素。

中学毕业已十年，在这场同学联谊会上，班主任的讲话是这样开始的——

"今天，我来收作业了，有谁记得毕业前的最后一课？"

那毕业前的最后一课，是个晴天，班主任把我们带到操场上，说："这是最后一课。我布置个作业，说难不难，说易不易。请大家绕这 500 米操场跑两圈。"说完便走了。

如今，老师却接着说："我离开操场后，在教室走廊观看了同学们的完成情况。现在，我对作业讲评一下。跑完两圈的有四人，时间在 15 分 20 钞之内。一人扭伤了脚，一人因为太快摔了跤，有 15 人跑过一圈后觉得无趣，退出后在跑道外聊天儿。其余的嫌事小，没有起步。"

大家无不对此感到惊讶。老师继续说："我就这次作业，并结合本人四十余年的人生体验，送各位四句话：

其一，成功只垂青有准备的人；

其二，身边的小蘑菇不捡的人，捡不到大蘑菇；

其三，跑得快，还需跑得稳；

其四，有了起点，并不意味就有终点。

这就是我留给大家的人生作业。"

教室里顿时鸦雀无声。

## 斯坦金点评

万涓成水，终究汇流成河，不能以事小而不为，没有"一"哪到"二"呢？

# *075* 寻找幸福

> 很多时候，使你开心，让你心烦的不是外界的人和事，而是你自己，换言之，自主权全在个人。既然如此，为什么不自己把握好方向盘，却要等自乱阵脚。

一天早上，教堂里来了一个人，他对神父说："我的处境非常不好，我的太太、孩子及所有亲戚都住在同一所房子里，整天互相谩骂吼叫，我的神经快崩溃了。这房子简直是一座地狱，请您想办法帮帮我吧！"

神父问："那你能否答应我，不论我说什么，你都能切实做到？"

那个人说："好的，我发誓，一定做到。"

神父说："很好，你家里养了多少牲畜？"

那个人回答道："一头牛，一只羊，还有六只鸡。"

神父对他说："你现在回家，把它们全部带入你的屋内，然后，一周后再来见我。"

那人虽然有些疑虑，但回家后还是照着神父的话去做了。

一周过后，他面容憔悴的来找神父，说："我已经不成人形了，现在的房子里肮脏、恶臭、吵闹。我都快要疯了！"

神父平静地对他说："回去吧！现在你可以把所有的家畜从

房内赶出去了。"

第二天，那人再到教堂时，眼中充满了喜悦。

他告诉神父："生活变得十分美好，所有的畜牲都赶出去了，家中像是天堂一样安静，不但干净而且温馨。"

## 斯坦金点评

生活有百分之十在于你如何塑造它，有百分之九十在于你如何对待它。要在自身找到幸福是不容易的，要在别的地方找到幸福则是不可能的。对于大多数人来说，他们认定自己有多幸福，就有多幸福。

# *076* 五块钱

　　坚持，是一种必要的口格。只有不懈地坚持，才可能达到预期的彼岸，才能摘取成功的花朵，才能有机会享受成功的喜悦。

　　海关有一批没收的脚踏车，在公告后决定拍卖。

　　每次叫价的时候，总有一个十岁出头的男孩喊价，而且总是以五块钱开始出价，然后眼睁睁地看着脚踏车被别人用三四十元买走。拍卖暂停休息时，拍卖员问那小男孩为什么不出较高的价格来买。男孩说，他只有五块钱。

　　拍卖会又开始了，那男孩仍然给每辆脚踏车相同的价钱，最后还是被别人用较高的价钱买去。渐渐的，所有在场的人开始注意到那个总是首先出价的男孩，他们也开始察觉到会有什么结果。直到最后一刻，拍卖会要结束了。这时，只剩下一辆最棒的脚踏车，车身光亮如新，有多种排档、十段杆式变速器、双向手煞车、速度显示器和一套夜间电动灯光装置。

　　拍卖员问："有谁出价呢？"

　　这时，站在最前面，而几乎已经放弃希望的那个小男孩轻声的再说一次："五块钱。"

　　这时，大家把目光全部集中到这位小男孩身上，没有人出声，没有人举手，也没有人喊价。直到拍卖员唱价三次后，大声宣布说："这辆脚踏车卖给这位穿短裤白球鞋的小男孩！"

当那小男孩拿出握在手中仅有的五块钱，买下那辆最漂亮的脚踏车时，他脸上流露出从未有过的灿烂笑容。

## ◆◆◆◆◆◆◆◆ 斯坦金点评 ◆◆◆◆◆◆◆◆

在其他买家对他的理解与不忍出价的默契下，男孩完成了心愿，但在这之前，男孩只要稍有动摇就与机会失之交臂了。不要轻易放弃任何希望，成功的机会有多大，在于自己的努力与坚持。

# ·卷 七·

# 高 贵 的 施 舍

　　一个人不论在何时何地都给予
的人；

　　把他的力量给予了穷人；

　　把他的同情心给予了那些受苦
的人；

　　把他的心奉献给了上帝。

　　与其给人钱财，不如给人智慧
与能力。

# 077  母亲和乞丐

对乞丐来说，搬砖和不搬砖可就大不相同了。

一个乞丐来到我家门口，向母亲乞讨。这个乞丐很可怜，他的右手连同整条手臂断掉了，空空的袖子晃荡着，让人看了很难受。我以为母亲一定会慷慨施舍的，可是，母亲却指着门前一堆砖对乞丐说："你帮我把这堆砖搬到屋后去吧。"

乞丐生气地说："我只有一只手，你还忍心叫我搬砖。不愿给就不给，何必刁难我？"

母亲不生气，俯身搬起砖来，她故意只用一只手搬，搬了一趟才说："你看，一只手也能干活。我能干，你为什么不能干呢？"

乞丐怔住了，他用异样的目光看着母亲，尖突喉结像一枚橄榄上下滑动两下，终于俯下身子，用他惟一的一只手搬起砖来，一次只能搬两块。他整整搬了两个小时，才把砖搬完，累得气喘如牛，脸上有很多灰尘，几络乱发被汗水濡湿了，斜贴在额头上。

母亲递给乞丐一条雪白的毛巾。

……乞丐接过去，很仔细地把脸面和脖子擦一遍，白毛巾变成了黑毛巾。

母亲又递给乞丐二十元钱。乞丐双手接过钱，很感激地说：

"谢谢你。"

母亲说："你不用谢我，这是你自己凭力气挣的工钱。"

乞丐说："我不会忘记你的。"对母亲深深地鞠了一躬，就上路了。

过了很多天，又有一个乞丐来到我家门前，向母亲乞讨。母亲让乞丐把屋后的砖搬到屋前。照样给他二十元钱。

我不解地问母亲："上次你叫乞丐把砖从屋前搬到屋后，这次你又叫乞丐把砖从屋后搬到屋前。你到底想把砖放在屋后，还是放在屋前？"

母亲说："这堆砖放在屋前和放在屋后都一样。"

我嘟着嘴说："那就不要搬了。"

母亲摸摸我的头说："对乞丐来说，搬砖和不搬砖可就大不相同了。"

此后还来过几个乞丐，我家那堆砖就被从屋前屋后地搬来搬去。

几年后，有个很体面的人来到我家，他西装革履，气度不凡，跟电视上那些大老板一模一样。美中不足的是，这个老板只有一只左手，右边是一条空空的衣袖，一荡一荡的。

老板用一只独手握住母亲的手，俯下身说："如果没有你，我现在还是个乞丐。因为当年你教我搬砖，今天我才能成为一家公司的董事长。"

母亲说："这是你自己干出来的。"

独臂的董事长要把母亲连同我们一家人迁到城里去住，做城市人，过好日子。

母亲说："我们不能接受你的照顾。"

"为什么？"

"因为我们一家人个个都有两只手。"

董事长坚持说："我已经替你们买好房子了。"

母亲笑一笑说："那你就把房子送给连一只手都没有的人吧。"

## ◆◆◆◆◆◆◆◆ 斯坦金点评 ◆◆◆◆◆◆◆◆

这位母亲所做的是高贵的施舍，非大智慧者做不出来。能够把乞丐造就成为董事长，是对社会多么大的贡献啊！

# *078*　老琴师遗嘱

　　有精彩纷呈的希望和信念，才能有精彩纷呈的生活。

　　有位年老的盲人琴师，技艺高超，远近闻名。他带着一个盲童，以弹唱为生，四处飘泊。

　　老琴师每弹断一根琴弦，就在琴身上认真地刻下一道痕迹。

　　有一天，老琴师终于弹断了100根琴弦。他泪流满面地刻下了第100道痕迹。

　　因为老琴师的师傅在临终前曾叮嘱他说，当他弹断第100根琴弦，刻完第100道痕迹的时候，便可以打开遗嘱，按照遗嘱中的药方到药店去买药，用药后定能双目复明。

　　他带着盲童迫不及待地找到了药店，出乎意料的是，药店的伙计大惑不解地说："遗嘱中一个字也没有，只是一张白纸。"老琴师惊呆了，简直不敢相信自己的耳朵。尽管他明白了师傅的一片苦心，可是那支撑着生命的精神支柱却彻底崩溃了。不久，老琴师便去世了。

　　老琴师在去世前，用盲文在那张原本无字的遗嘱上，给盲童写下了自己的遗嘱："我的生命可以告诉你：要战胜客观存在的困难，首先要战胜自己。人的生命不仅需要物质力量的支持，而且需要精神力量的支撑。"

光阴似箭，当年的盲童已是一位技艺更加高超、名声更加显赫的老者。

他在珍藏了数十年的遗嘱上，又用盲文补充写道："希望和信念引导着光明和生存，绝望和颓废引导着黑暗和死亡。"他要将这三代人的遗嘱传给后人。

## 斯坦金点评

我们留给后人的主要应是什么呢？是引导人走向光明的信念，是激励人自强不息的精神。这是最重要的财富。

# *079* 一粒大青豆

　　思想会改变人的心态，心态会改变人的行为。

　　同样的一句话被人反复诉说以后，就会变成好像是真的一般。如果你告诉自己"我很穷"，别人一再对你说"你很穷"，而且你周围的人们也很穷的话，那么，你就会在心理上变成极度的窘困了。

　　下面的这个故事说明了这个道理：

　　为了赚取上大学所需的食宿费用，吉姆照顾一位独居的老妇人，做一些杂七杂八的工作。这位老妇人常常失眠，往往要吞下一粒安眠药才能安然入睡。

　　有一天晚上，这位老妇人跑来敲吉姆的门说："吉姆，很抱歉打扰你，睡不着而且安眠药刚好吃光了。不知你身边是否还有安眠药？"

　　吉姆很快回答："我有安眠药，太太。放在楼下，我这就下楼去找一粒给你。"

　　然后吉姆就很快地冲到楼下，跑到食品室去取了一粒大青豆。

　　他知道老妇人的视力不佳，无法辨别青豆与安眠药丸。他回到楼上，说："这是一颗特大号的安眠药。它很管用，把它服下你很快就会入睡了。"

这位老妇人当真服下这颗"药丸"，而且睡了她这一生当中最好的一觉。从那天开始，她每天要求吉姆给她那种特殊的"药丸"。

一种思想如果进入人的心中，就会盘踞成长。如果那是一种消极的思想种子，就会生出消极的果实；而积极的思想种子，就会生出积极的果实。

## 斯坦金点评

每天你都有机会听到好多人，以不同的方式对你说他们感到心绪不宁。有的人可能会抱怨各种病痛——头痛、背痛、腰痛或胃痛。另一些人却抱怨不幸的事件，诸如"我工作过多"、"我过度疲劳"等等。这些消极的思想，如果长期冲入头脑，人们就会以为真的是"工作过多"，真的是"过度疲劳"。可见精神力量是何等的重要！

# *080*　比尔·盖茨的一张名片

> 知识不能使你成功，但是应用知识可以使你成功。
>
> ——克莱门特·斯通

一个流浪汉，行乞 40 年，足迹遍及大半个世界。一天，他来到比尔·盖茨的门前，打算讨顿饭钱。盖茨说，你打算要 1 美元，还是要 10000 美元？

流浪汉知道他是世界上最大的富翁，就说，我看就给 10000 美元吧。

盖茨给了他 1 美元，外加一张签了"发挥你的长处，以知识致富"的名片，说，这是 1 美元，这是 9999 美元。

流浪汉接过钱和名片，问，这张名片真的能值那么多钱吗？盖茨说，只要你照着去做，可能不止值 9999 美元。

第二天，流浪汉就给市政厅工商部门写了一份如下报告。

现申请成立纽约乞讨咨询公司。理由如下：

一、市场广阔。据《纽约时报》公布的最新数字，纽约街有 20 万流浪汉以乞讨为生；二、服务社会。由于流浪汉较多，施主愈来愈吝啬，态度也愈来愈差，致使部分流浪汉感到了生存压力；三、具备资格。本人流浪 40 年，乞讨经验丰富，乞讨手段全面；四、时代需要。知识经济时代已经到来，本人属于靠学识致富。

前年，纽约乞讨咨询公司的资产突破千万。前不久，该公司以"知识乞讨"为主题到欧洲开辟市场，大受欢迎。

一个八岁开始乞讨，一生仅为妈妈磨过一次刀的流浪汉，经过咨询，把乞讨时的用语由"可怜可怜吧！"换成"磨刀吗?"收入大增。一个小时候仅为爸爸搓过一次背的流浪汉，通过咨询在某洗浴中心找到了工作。一个无一技之长的老流浪汉，通过咨询也改善了生活，因他对伦敦的每一条街道了如指掌，咨询人员让他办了一个领路公司。

据《欧洲时报》网络版透露，今年，乞讨咨询公司已到亚洲设立分公司。据说，他们在亚洲流浪汉市场的主打口号是比尔·盖茨的原话：发挥你的长处，以知识致富。

## ◆◆◆◆◆◆◆◆ 斯坦金点评 ◆◆◆◆◆◆◆◆

这可能并非笑谈。乞讨作为社会的一种特殊职业，看来也需提高经营管理水平，走上规范之路。

# *081* 铅笔推销员

若不能主宰自己，就永远是一个奴隶。

—— 歌德

有这样一件事，说的是某春风得意之商人，在路边见到一个衣衫褴褛的铅笔推销员，顿生怜悯之情，他把一元钱丢进卖铅笔人的怀中就走开了。

但他忽然觉得这样做不妥，连忙返回，从卖铅笔人那里取出几支笔，并抱歉地说自己忘记取笔了，希望不要介意。最后他认真地说："你我都是一样的商人，你有东西要卖，而且上面有标价。"

几个月后，在一个社交场合，一位穿着齐整的推销商迎上前去，与手执香槟酒的商人碰杯，并自我介绍说："你可能已经忘记了我，我也不知道你的名字，但我永远忘不了你，你就是那位重新给了我自尊的人。这之前我一直以为自己是推销铅笔的乞丐，直到你跑来告诉我，我也是一个商人为止。你不仅给了我一元钱，而且给了我一次认识自己的机会。"

没想到简简单单的一件小事，竟使得一个处境窘迫的人重新树立了信心，并通过自己的努力终于使自己振作起来，成为一个充满信心的有作为的商人。

## 斯坦金点评

机会到来的时候，凡是能冲上去的，不管用的是什么姿势，都是美丽的。机会就是眼睛，当你从黎明中醒来，用净水擦亮眼睛，原先混沌的感觉顿时消失，眼前纯净如水，又一个机会在等待着你。这时候你首先应该考虑，是不是把用手心捧着的机会，抓住它！

# *082*　最好的消息

> 聪明人会让他的怀疑保持缄默，但也会让它保持清醒。
>
> ——哈利法克斯

阿根廷著名的高尔夫球手罗伯特·德·温森多有一次赢得一场锦标赛，领到支票后，他微笑着从记者的重围中走出来，到停车场准备回俱乐部。这时候，一个年轻的女子向她走来。她向温森多表示祝贺后又说她可怜的孩子病得很重——也许会死掉——而她却不知如何才能支付起昂贵的医药费和住院费。

温森多被她的讲述深深地打动了。他二话没说，掏出笔在刚赢得的支票上飞快地签了名，然后塞给那个女子。

"这是这次比赛赢的奖金。祝可怜的孩子走运。"他说道。

一个星期后，温森多正在一家乡村俱乐部进午餐。一位职业高尔夫球联合会的官员走过来，问他一周前是不是遇到一位自称孩子病得很重的年轻女子。

"停车场的孩子们告诉我的。"官员说。

温森多点了点头。

"哦，对你来说这是个坏消息"，官员说道。"那个女人是个骗子，她根本就没有什么病得很重的孩子。她甚至还没有结婚哩！温森多——您让人给骗了！我的朋友。"

"你是说根本就没有一个小孩子病得快死了？"

"是这样的，根本就没有。"官员答道。

温森多长吁了一口气。"这真是我一个星期来听到最好的消息。"温森多说。

## ◆◆◆◆◆◆ 斯坦金点评 ◆◆◆◆◆◆

同样一件事，不同的人会有不同的看法和态度。如果不是对人类的至爱，如果不是对他人疾苦的关注，如果不是心胸博大的人，是不会这样想，这样说的。

# *083* 快 乐 王 子

> 人生的最大幸福不是来自拥有或得到，而在于给予。
>
> ——奥格·曼狄诺

快乐王子的像在一根高高的圆柱上面，高高地耸立在城市的上空。他满身贴着薄薄的纯金叶子，一对晶莹的蓝宝石做成他的眼睛，一颗大的红宝石嵌在他的剑柄上，灿烂地发着红光。

他的确得到一般人的称赞。一个市参议员为了表达自己有艺术的欣赏力曾说过："他像风信标那样漂亮"，不过他又害怕别人会把他看作一个不务正业的人（其实他并不是不务正业的），便加上一句："只是他不及风信标那样有用。"

"为什么你不能像快乐王子那样呢？"一位聪明的母亲对她那个哭着要月亮的孩子说，"快乐王子做梦也没想过会哭着要东西。"

"我真高兴世界上究竟还有一个人是很快乐的。"一个失意的人望着这座非常出色的像喃喃地说。

"他很像一个天使！"孤儿院的孩子们说，他们正从教堂出来，披着光亮夺目的猩红色斗篷，束着洁白的遮胸。

"你们怎么知道？"数学先生说，"你们从没有见过一位天使。"

"啊！可是我们在梦里见过的。"孩子们答道。

数学先生皱起眉头，板着面孔，因为他不赞成孩子做梦。

某一天夜晚，一只小燕子飞过城市的上空。他的朋友们早已向南飞往埃及去过冬，现在他正急着追赶他们。他飞了一个白天，晚上到了这个城市。"我在什么地方过夜呢？"他哭了。随后他看见了立在高圆柱上面的那座像。

"我就在这儿过夜吧，这倒是一个空气清新的好地点。"他便飞下来，恰好停在快乐王子的两只脚中间。

"我找到一个金的睡房了。"他向上周看了一下，轻轻地对自己说。他打算睡觉了，但是他刚刚把头放到翅膀下面去的时候，忽然一滴大水珠儿落到他的身上。"多么奇怪的事！"他叫起来，"天上没有一片云，星星非常明亮，可是下起雨来了。北欧的天气真可怕。"

接着又落下了一滴。

"要是一座塑像不能够遮雨，那么它又有什么用处？他说，"我应该找一个好的烟囱去。"他决定飞开了。

但是他还没有张开翅膀，第三滴水又落了下来，他仰起去看，他看见——啊！他看见了什么呢？

快乐王子的眼里装满了泪水，泪珠沿着他的黄金的脸颊流下来。王子的脸在月光里显得那么美，叫小燕子的心里也充满了怜悯。

"你是谁？"他问道。

"我是快乐王子。"

"那么你为什么哭呢？"燕子又问，"你看，你把我一身都打湿了。"

"从前我活着，有一颗人心的时候，"王子慢慢地答道，"我并不知道眼泪是什么东西，因为我那个时候住在无忧园里，悲哀是不能够进去的。白天有人陪我在花园里玩，晚上我又在大厅里领头跳舞。花园的四周围着一道高墙，我从没有想到去问人墙外是什么样的景象，我眼里的一切都是非常美丽的。我的臣民都称我为快乐王子，不错，如果欢娱可以算作快乐，我就的确是快乐的了。我这样地活着，我也这样地死去。我死了，他们就把我放在这儿，而且立得这么高，让我看见我这个城市的一切丑恶的穷苦。现在我的心虽然是铅做的，但我也忍不住哭了。"

"怎么，他并不是纯金的？"燕子轻轻地对自己说，他非常讲究礼貌，不肯高声谈论别人的私事。

"远远的，"王子用一种低微的、音乐似的声音说下去，"远远的，在一条小街上，有一所穷人住的房子。一扇窗开着，我看见窗内有一个妇人坐在桌子旁边。她的脸很瘦，又带着病容。她的一双手粗糙、发红，指头上满是针眼，因为她是一个裁缝。她正在一件缎子衣服上绣花，绣的是西番莲花，预备给皇后的最可爱的宫女在下一次宫中舞会里穿的。在这屋子的角落里，她的小孩正躺在床上生病。他发热，嚷着要橙子吃。他母亲没有别的东西给他，只有河水，所以他大哭。燕子，燕子，小燕子，你肯把我剑柄上的红宝石取下来给她送去吗？我的脚钉牢在这个像座上，我动不了。"

"朋友们在埃及等我，"燕子说，"他们正在尼罗河上飞来飞去，同大朵的莲花谈话。他们不久就要到伟大的国王的坟墓里去睡眠了。那个国王自己就睡在他们彩色的棺材里。他的身子是用黄布紧紧裹着的，而且还用了香料来保存它。一串浅绿色翡翠做成的链子系在他的颈项上，他的一只手就像是干枯的落叶。"

"燕子，燕子，小燕子，"王子说道，"您难道不肯陪我过一夜，做一回我的信差么？那个孩子病得太厉害了，他母亲太苦恼了。"

"我并不喜欢小孩，"燕子回答道，"我还记得上一个夏天，我停在河上的时候，有四个粗野的小孩，就是磨主的儿子，他们常常扔石头打我。不消说他们是打不中的——我们燕子飞得极快，不会给他们打中，而且我还出身于一个以敏捷出名的家庭，更用不着害怕。不过，这终究是一种不客气的表示。"

然而，快乐王子的面容显得那样的忧愁，叫小燕子的心也软下来了。小燕子便说："这冷得很，不过我愿意陪你过一夜，我高兴做你的信差。"

"小燕子，谢谢你。"王子说。

燕子便从王子的剑柄上啄下了那颗大红宝石，飞过栉比的屋顶，向远处飞去了。

他飞过大教室的塔顶，看见那里的大理石天使雕像。他飞过王宫，听见了跳舞的声音，一个美貌的少女同她的情人正走到露台上来。"你看，星星多么好，爱的魔力多么大！"他对她说。"我希望我的衣服早点送来，赶得上舞会，"她接口道，"我叫人在上面绣了西番莲花，可是那个女裁缝太懒了。"

他飞过河面，看见挂在船桅上的无数的灯笼。他又飞过市场，看见人们在那里讨价还价，把钱放在铜天平上面称着。最后，他到了那所穷人的房子，朝里面看去。小孩正发着热在床上翻来覆去，母亲已经睡熟，因为她太疲倦了。他跳进窗里，把红宝石放在桌上，就放在妇人的顶针旁边。过后，他又轻轻绕着床飞了一阵，用翅膀扇着小孩的前额。"我觉得好凉，"孩子说，"我一定好起来了。"他便沉沉地睡去了，睡得很甜。

燕子回到快乐王子那里，把他做过的事讲给王子听。燕子又说："这倒是很奇怪的事，虽然天气这么冷，我却觉得很暖和。"

"那是因为你做了一件好事"，王子说。小燕子开始想起来，过后他睡着了。燕子有这样一种习惯，只要一用思想，就会打瞌睡的。

天亮以后，燕子飞下河去洗了一个澡。一位鸟类学教授走过桥上，看见了，便说："真是一件少有的事，冬天里会有燕子！"

他便写了一封讲述这件事的长信送给本地报纸发表。每个人都引用这封信，尽管信里有那么多他们不能了解的句子。

"今晚上我要到埃及去。"燕子说。他想到前途，心里非常高兴。他把城里所有的公共纪念物都参观过了，而且还在教室的尖顶上坐了好一阵。不管到什么地方，麻雀们都吱吱地叫着，而且互相说："这是一位多么显贵的客人！"因此燕子玩得非常高兴。

月亮升起的时候，燕子飞回到快乐王子那里。他问道："你在埃及有什么要我办吗？我就要动身了。"

"燕子，燕子，小燕子"，王子说，"你不肯陪我再过一夜吗？"

"朋友们正在埃及等着我，"燕子回答道，"我的确不能在这里逗留了。"

"燕子，燕子，小燕子，"王子说，"远远的，在城的那一边，我看见一个年轻人住在顶楼里面。他埋着头在一张堆满稿纸的书桌上写字，手边一个大玻璃杯里放着一束枯萎的紫罗兰。他的头发是棕色的，乱蓬蓬的，他的嘴唇像石榴一样的红。他还有一对朦胧的眼睛。他在写一个戏，预备写成后给戏院经理送去，可是他太冷了，不能够再写一个字。炉子里没有火，他又饿得头昏眼花了。"

"我愿意陪你再待一夜，"燕子说，他的确有好心肠，"你要我也给他送一块红宝石去吗？"

"唉！我现在没有红宝石了，"王子说，"我就只剩下一对眼睛。它们是用珍奇的蓝宝石做成的，这对蓝宝石还是1000年前在印度出产的，请你取出一颗给他送去。他会把它卖给珠宝商，换钱来买食物，买木柴，好写完他的戏。"

"我亲爱的王子，我不能够这样做！"燕子说着哭起来了。

"燕子，燕子，小燕子，"王子说，"你就照我吩咐你的话做吧。"

　　燕子便取出王子的一只眼睛，往年轻人的顶楼飞去。屋顶上有一个洞，要进去是很容易的，燕子便从洞里飞了进去。那个年轻人两只手托着脸颊，没有听见燕子的扑翅声，等到他抬起头来，却看见那颗美丽的蓝宝石在枯萎的紫罗兰上面了。

　　"现在开始有人赏识我了。"他叫道，"这是某一个钦佩我的人送来的。我现在可以写完我的戏了。"他露出很快乐的样子。

　　第二天，燕子又飞到港口去。他坐在一只大船的桅杆上，望着水手们用粗绳把大箱子拖出船舱来。每只箱子上来的时候，他们就叫着："哼唷！哼唷……""我要到埃及去了！"燕子嚷道，可是没有人注意到他，等到月亮升起的时候，他又回到快乐王子那里。

　　"我是来向你告别的。"他叫道。

　　"燕子，燕子，小燕子，"王子说，"你不肯陪我再过一夜吗？"

　　"这是冬天了，"燕子答道，"寒冷的雪就快要到这儿来了。这时候在埃及，太阳照在浓绿的棕榈树上，很暖和。鳄鱼躺在泥沼里，懒洋洋地朝四面看。朋友们正在巴伯克的太阳神庙里筑巢，那些淡红的和雪白的鸽子在旁边望着，一边在讲情话。亲爱的王子，我一定要离开你了，不过我决不会忘记你，来年春天，我要给你带回来两颗美丽的宝石，偿还你给了别人的那两颗。我带来的红宝石会比一朵红玫瑰更红，蓝宝石会比大海更蓝。"

　　"就在这下面的广场上，站着一个卖火柴的小女孩，"王子说，"她把她的火柴都掉在沟里了，它们全完了。要是她不带点钱回家，她的父亲就会打她的，她现在正哭着。她没有鞋，没有袜，小小的头上没有一顶帽子。你把我的另一只眼睛也取下来，拿去给她，那么，她的父亲便不会打她了。"

　　"我愿意陪你再过一夜，"燕子说，"我却不能够取下你的眼睛。那个时候你就要变成瞎子了。"

"燕子，燕子，小燕子，"王子说，"你就照我吩咐你的话做吧。"

他便取下王子的另一只眼睛，带着它飞到下面去。他飞到卖火柴女孩的面前，把宝石轻轻地放在她的手掌心里。"这是一块多么可爱的玻璃！"小女孩叫起来，她一面笑着一面跑回家去。

燕子又回到王子那儿。他说："你现在眼睛瞎了，我要永远跟你在一块儿。"

"不，小燕子，"这个可怜的王子说，"你应该到埃及去了。"

"我要永远陪伴你。"燕子说。他就在王子的脚下睡着了。

第二天，他整天坐在王子的肩上，给王子讲起他在那些奇怪地的国土上见到的种种事情。他讲起那些绝色的朱鹭，它们排成长行站在尼罗河岸上，用它们的长嘴捕捉金鱼；他讲起司芬克斯，它活得跟世界一样久，住在沙漠里，知道一切的事情；他讲起那些商人，他们手里捏着琥珀念珠，慢慢地跟着他们的骆驼走路；他讲起那条大绿蛇，它睡在棕榈树上，有二十个僧侣拿蜜糕喂它；他讲起那些侏儒，他们把扁平的大树当作小舟，载他们渡过大湖，又常常同蝴蝶发生战争。

"亲爱的小燕子，"王子说，"你给我讲了种种奇特的事情，可是，最奇特的还是许多男男女女的苦难。再没有比贫穷更不可思议的了。小燕子，你就在我这个城市的上空飞一圈吧，你告诉我，你在城里见到些什么事情。"

燕子便在这个大城市的上空飞着，他看见有钱人在他们漂亮的住宅里寻欢作乐，乞丐们坐在大门外挨冻。他飞进阴暗的小巷里，看见那些饥饿的小孩探出苍白的瘦脸没精打采地望着污秽的街道。在一道桥的桥洞下面躺着两个小孩，他们紧紧地搂在一起，想使身体得到一点温暖。"我们真饿啊！"他们说。"你们不要躺在这儿。"看守人吼道，他们只好站起来走进雨中。

他便回去把看见的景象告诉了王子。

"我满身贴着纯金的叶子，"王子说，"你给我把它一片一片地拿掉，拿去送给那些穷人，活着的人总以为金子能够使他们幸福。"

燕子把纯金叶子一片一片地啄了下来，最后快乐王子就变得灰暗难看了。他又把纯金叶子一片一片地拿去送给那些穷人。小孩子们的脸颊上现出了红色，他们在街上玩着，大声笑着。"我们现在有面包吃了！"他们这样喊道。

随后雪来了，严寒也到了。街道好像是银子筑成的，它们是那么亮，闪闪发亮；长长的冰柱像水晶的短剑似的悬挂在檐前，有些行人穿着皮衣，一些小孩子们戴着红帽子溜冰取乐。

可怜的小燕子却一天比一天地觉得冷了，可是他仍然不肯离开王子，他太爱王子了。他只有趁着面包师不注意的时候，在面包店门口啄一点面包屑吃，并且拍着翅膀来取暖。

但是，最后他知道自己快要死了。他只有一点气力，只够他再飞到王子的肩上去一趟。"亲爱的王子，再见吧！"他喃喃地说，"你肯让我亲你的手吗？"

"小燕子，我很高兴你到底要到埃及去了，"王子说，"你在这儿住得太久了，不过你应该亲我的嘴唇，因为我爱你。"

"我现在不是到埃及去"，燕子说，"我是到死神家里去。听说死是睡的兄弟，不是吗？"

他吻了快乐王子的嘴唇，然后跌在王子的脚下，死了。

这时候，这座雕像的内部忽然响起了一声爆裂声，好像有什么东西破碎了似的。其实是王子的那颗铅心已经裂成两半了。

第二天大清早，市参议员们陪着市长在广场上散步。他们走过圆柱的时候，市长仰起头看了看快乐王子的像。"啊，快乐王子变得多么难看！"他说。

"的确很难看！"市参议员们齐声叫了起来，他们平日总是附和市长的意见的，这时大家便走上去细看。

"他剑柄上的红宝石掉了，眼睛也没有了，他也不再是黄金的了，"市长说，"讲句老实话，他比一个讨饭的好不了多少！"

"比一个讨饭的好不了多少！"市参议员们齐声说。

"他脚下还有一只死鸟！"市长又说，"我们的确应该发一个布告，禁止鸟死在这个地方。"书记员立刻把这个建议记录下来。

以后他们就把快乐王子的像拆下来了。大学的美术教授说："他既然不再是美丽的，那么也就不再是有用的了。"

他们把这座像放在炉里熔化，市长召集了一个会来决定金属的用途。"自然，我们应该另外铸一座像，"他说，"那么就铸我的像吧。"

"真是一件古怪的事，"铸造厂的监工说，"这块破裂的铅心在炉里熔化了。我们一定得把它扔掉。"他们便把它扔在一个沙滩上，那只死燕子也躺在那里。

一天，上帝朝这座巨大的城市望下去，把天使叫到身边说："下去把这个城里两件最珍贵的东西给我拿来。"

天使便把铅心和死鸟带到上帝面前。

## ◆◆◆◆◆◆◆◆ 斯坦金点评 ◆◆◆◆◆◆◆◆

没有哪篇作品比这篇感人至深的经典童话，能更好地表达了无私给予的真谛。让其帮助你塑造未来的人生，今后的日子将会从此与众不同。

# ·卷 八·

# 创 造 奇 迹

　　创造，不论是肉体方面或精神方面的，总是脱离驱壳的樊笼，卷入生命的旋风，与神明同在！创造是消灭死亡。

　　新世界永远属于创造者和开拓者。

# *084* 为什么不把石头搬开

> 何谓能行，何谓不成，我们的知识都无从明确把握。
>
> ——享利·福特

1865 年，美国南北战争结束了。一位叫马维尔的记者去采访林肯，他们之间有这么一段对话。

马维尔：据我所知，上两届总统都曾想过废除黑奴制，《解放黑奴宣言》也早在他们那个时期就已草就，可是他们都没拿起笔签署它。请问总统先生，他们是不是想把这一伟业留给你去成就英名？

林肯：可能有这个意思吧。不过，如果他们知道拿起笔需要的仅是一点勇气，我想他们一定非常懊丧。

马维尔还没来得及问下去，林肯的马车就出发了，因此，他一直都没弄明白林肯的这句话到底是什么意思。

直到 1914 年，林肯去世 50 年了，马维尔才在林肯致朋友的一封信中找到答案。在信里，林肯谈到幼年的一段经历：

"我父亲在西雅图有一处农场，上面有许多石头。正因如此，父亲才以较低价格买下它。有一天，母亲建议把上面的石头搬走。父亲说，如果可以搬走的话，主人就不会卖给我们了，它们是一座座小山头，都与大山连着。

"有一年，父亲去城里买马，母亲带我们在农场劳动。母亲说，让我们把这些碍事的东西搬走，好吗？于是我们开始挖那一块块石头。不长时间，就把它们弄走了，因为它们并不是父亲想象的山头，而是一块块孤零零的石块，只要往下挖一英尺，就可以把它们晃动。"

林肯在信的末尾说，"有些事情人们之所以不去做，只是他们认为不可能。而许多不可能，只存在于人的想象之中。"

## 斯坦金点评

什么事都有可能发生。那些连奇迹都不敢相信的人，怎么能获得奇迹呢?!

# *085* 成功源自"不可能"

> 世间的事非常奇怪，越是人们认为不可能的，做起来越顺当。
>
> ——哥伦布

1485 年 5 月，哥伦布到西班牙去游说："我从这儿向西也能到达东方，只要你们肯出钱来资助我。"当时，没有一个人阻止他，也没有人刺杀他，因为当时的人认为，从西班牙向西航行，不出 500 海里，就会掉进无尽的深渊，到达富庶的东方，是绝对不可能的。

可是，在哥伦布第一次航行成功，第二次又要去的时候，不仅遇到了空前的阻力，而且还有人在大西洋上拦截，并企图暗杀他。至于原因，非常明确，因为沿这条航线绝对能够到达富庶的东方，他再去一回，那儿的黄金、玛瑙、翡翠、玉石、皮毛、香料，就会使他富比王侯，不可一世。

越是人们认为不可能的，做起来越顺当。这一道理，在哥伦布死后就被人遗忘了。直至 500 年后，在华尔街上，才被一位名叫沃伦·巴菲特的美国人发现。

1973 年，全世界没有一个人认为，曼图阿农场的股票能够复苏；有的人甚至认为，曼图阿不出三个月就会宣告破产。然而，巴菲特不这样看，他认为，越是在人们对某一股票失去信心的时候，这支股票越可能是一处大金矿。果然，在巴菲特以 5 美分的价格买入 1 万股之后，五年之内，他就赚了 4700 万美元。

哥伦布所发现的那个道理，前不久又被一个人发现。他是法国的一位小男孩。这个小男孩七岁时，创办了一个专门提供玩具信息的网站。当时，没有一个人把他放在眼里，没有一家同类的公司视之为敌，也没有哪家行业公司会来找他签订行业约束条款。他们认为，那个网站只是一个孩子的游戏，成不了什么气候。

谁知结果却出人意料，这个小男孩不仅把网站做大了，而且在他十岁时，就通过广告收入，成了法国最年轻的百万富翁。

越是一般人认为不可能的事，越是有可能做到。这话确实很有道理。大家都认为不可能，必然谁也不去关注，谁也不去攻击，谁也不去设防；再者，不可能实现的事，一般都没有竞争对手，第一个去做的人正好可以独自乘虚而入。

另外，一般人认为不可能的事，肯定是件十分困难、甚至是难以想象的事。因为太难，所以畏难；因为畏难，所以根本不去问津。不但自己不去问津，甚至认为别人也不会问津。

## ◆◆◆◆◆◆ 斯坦金点评 ◆◆◆◆◆◆

可以说，世界上真正的大业，都是在别人认为不可能的情况下完成的；在人类一步步从过去走向未来的过程中，不可能的事，一件还没有。

# *086* 十天造一艘船

> 积极的心态是法宝，它可以使你获得人生中最有价值的东西。

亨利·凯萨是一个真正成功的人，这不仅是由于使用他的名字的几个公司拥有十亿以上美元的资产，更是由于他的慷慨和仁慈：让许多不会说话的人会说话了，许多跛者能像正常人那样走路，更多的人以很低的费用得到了医疗。所有这一切都是由亨利的母亲，在他的心田里播下"价值"的种子生长出来的。

玛丽·凯萨给了她的儿子亨利无价的礼物——教他如何应用人生最伟大的价值。

玛丽在工作一天之后，总是花费一定的时间做义务保姆工作，帮助不幸的人们。她常常对儿子说："亨利，不从事劳动，也就不能完成什么事情。如果我什么也不遗留给你，只留给你劳动的意志，那么，我就给你留下了无价的礼物：劳动的欢乐。"

亨利说："我的母亲最先教给我对人的热爱和为他人服务的重要性。她惯常说，热爱人和为人服务是人生中最有价值的事。"

亨利·凯萨在第二次世界大战中，建造了一千五百多只船，其造船速度震惊了世界。当时他曾说："我们每十天能建造一艘'自由轮'。"专家说："这是做不到的。这是不可能的。"然而亨利做到了。

他的成就之所以引人注目，是因为他在适应战争的需要。而造船之前他根本没有造船经验，使他成功的主要原因，就在于他具有个人进取心的特质，发扬他此一特质的媒介就是他贯彻到底的习惯。

当他订购了一火车的钢材，并要求于既定日期在他的船坞交货时，首先确定钢材已完全按照既定的进行生产，同时也确定铁路已受到警戒，而且他的员工也都已准备好接受这批钢材。

他派人到工厂探查并且回报生产进度，最后他还随货出航，以确保不会发生任何差错或迟延的情形。因为亨利非常注意细节的事情，所以，他的员工知道亨利也希望他们具备此一特质。若在途中发生任何差错，员工被要求采取一切必要手段，来控制问题并设法弥补损失的时间。

亨利·凯萨坚强的个人进取心，成为许多人日常生活中的模范。

## 斯坦金点评

战争中往往能创造出和平时期所没有的奇迹。这是因为人的积极心态得到充分发扬。

# *087* 奇 迹 之 桥

> 没有一件工作是旷日持久的，除了那件你不敢
> 着手进行的工作。那样它就会成为一种梦魇。
> ——波德莱尔

横跨曼哈顿和布鲁克林之间河流的布鲁克林大桥是个地地道道的机械工程。

1883 年，富有创造精神的工程师约翰·罗布林，雄心勃勃地意欲着手这座雄伟大桥的设计。然而桥梁专家们却劝他趁早放弃这个天方夜谭般的计划。罗布林的计划使他儿子，华盛顿·罗布林，一个很有前途的工程师，确信大桥可以建成。

父子俩构思建桥的方案，琢磨着如何克服种种困难和障碍。他们设法说服银行家投资该项目，之后，他们怀着无可遏止的激情和无比旺盛的精力，组织工程队，开始施工建造他们梦想的大桥。

然而，大桥开工仅几个月，施工现场就发生了灾难性的事故。约翰·罗布林在事故中不幸身亡。儿子华盛顿·罗布林的大脑严重受伤，无法讲话也不能走路了。谁都以为这项工程会因此而泡汤，因为只有罗布林父子才知道如何把这座大桥建成。

尽管华盛顿·罗布林丧失了活动和说话的能力，但他的思维还同以往一样敏锐。一天，他躺在病床上，忽然一闪念想出一种

和别人进行交流的密码。他惟一能动的是一根手指，于是，他就用那根手指敲击他妻子的手臂，通过这种密码方式由妻子把他的设计和意图转达给仍在建桥的工程师们。

整整13年，罗布林·华盛顿就这样用一根手指发号施令，直到雄伟壮观的布鲁克林大桥最终落成。

## 斯坦金点评

仅仅建桥本身，还不能构成奇迹，创造奇迹的，是罗布林·华盛顿指挥建桥的方式以及他的毅力。

只要认定一种事业能够成功，人们就应坚定不移地努力，不论遇到何种艰难困苦。

# *088* 信念能让人产生奇迹

> 人不是靠他生来就有的一切，而是靠他从中学
> 所得到的一切来造就自己。
>
> ——歌 德

信念是一切奇迹的萌发点，所有成功的人士，最初都是从一个小小的信念开始的。

梁实秋讲过一个生动的故事：唐朝有个百丈禅师，精勤不休，他制定了《百丈清规》。

他自己笃实奉行，"一日不作，一日不食"，一面修行，一面劳作。

他到了暮年仍然照常操作，弟子们于心不忍，偷偷地把他的农作工具藏起来。禅师找不到工具，那一天没工作，但是那一天他也就真的没吃东西。百丈禅师为何能精勤不休？是因为他的信念和抱负鞭策着他。

据说，清末时梨园中有"三怪"，他们都是因为抱着坚定的信念，经过勤学苦练后成了才。

瞎子双阔，自小学戏，后来因疾失明，从此他更加勤奋学习，苦练基本功，他在台下走路时需要别人搀扶，可是上台表演却寸步不乱，演技超群，终于成为一名功深艺湛的武生。

另一位是跛子孟鸿寿，幼年身患软骨病，身长腿短，头大脚

小，走起路来不能保持身体平衡。于是，他暗下决心，勤学苦练，扬长避短，后来一举成为丑角大师。

还有一位哑巴王益芬，先天不会说话，平日看父母演戏，一一默记在心，虽无人教授，但他每天起早贪黑练功，常年不懈。艺成后，一鸣惊人，成为戏园里有名的武花脸，被戏班奉为导师。

梨园三怪都身带残疾，他们为什么能够成才呢？主要是因为他们拥有坚定不移的信念及吃苦耐劳的勤奋精神。因为他们知道，对于没有天赋的人来说，尤其是身有缺陷者，惟有勤奋苦练才可以弥补自身的不足。

## ◆◆◆◆◆◆◆ 斯坦金点评 ◆◆◆◆◆◆◆

信念是任何人都可以免费获得的，相信自己、相信信念，信念能让人产生奇迹。

# *089*　飞行员和老虎

> 强者总是试图永远保持自我控制能力。这种能
> 力显示出真正的人格和心力，因为有大胸襟的人不
> 会轻易受情绪的控制。

有一位老飞行员，接受了一项特殊的任务。不是扔炸弹也不是接名人，而是——运老虎。

这是一只被用作亲善大使之用的成年老虎，脑门的"王"字极有霸气。老虎很不服气被关在大铁笼子里，在被运上飞机的那一刻还不忘大声地吼叫了一声。

飞机员觉得很有趣，他在前面开飞机，身后就是老虎的铁笼子，和百兽之王进行如此面对面的交流，这种情况还真是第一次。

开了一会儿，飞行员又回过头去瞧老虎。"上帝！"他不禁一个哆嗦，老虎离他只有几步之遥，正在向他逼进。该死的铁笼子，竟然没有关严！

情急之中，他没有大叫着乱跑，其实即使他这样做了也无路可退，相反地，他睁大了眼睛，狠狠地盯着老虎，像一头发威的雄狮。

一物降一物，老虎当然怕"雄狮"。

奇迹出现了，老虎和他对视了一会，竟然自己又走回到笼子

里。飞行员化险为夷……

## 斯坦金点评

如果你不怕它，它就怕你。总应有一个胜利者，事情才有结局。

# *090* 死神也怕咬紧牙关

　　他们像一幅画，定格在蓝天白云、大山峭石之间。

　　那个惊心动魄的镜头是这样的：

　　罗伯特和妻子玛丽终于攀到了山顶，站在山顶上眺望，远处城市中白色的楼群在阳光下变成了一幅图画。仰头：蓝天白云，柔风轻吹，两个人高兴得像孩子，手舞足蹈，忘乎所以。对于终日劳碌的他俩，这真是一次难得的旅行。

　　意外正是从这个时候开始的。罗伯特一脚踩空，高大的身躯打了个趔趄，随即向万丈深渊滑去，周围是陡峭的山石，没有抓手的地方，短短的一瞬，玛丽就明白发生了什么事情，下意识地，她一口咬住了丈夫的上衣，当时她正蹲在地上拍摄远处的风景，同时，她也被惯性带向岩边，仓促之间，她抱住了一棵树。

　　罗伯特悬在空中，玛丽抱紧树牙关紧咬，你能相信吗？两排洁白细碎的牙齿承担了一个高大魁梧躯体的全部重量。

　　他们像一幅图画，定格在蓝天白云、大山峭石之间。玛丽的长发像一面旗帜，在风中飘舞。

　　玛丽不能张口更无法呼救，等到一个小时后，过往的游客才救了他们。而这时的玛丽，美丽的牙齿和嘴唇早被血染得鲜红鲜红。

有人问玛丽，如何能挺那么长时间，玛丽回答："当时，我头脑里只有一个念头：我一松口，罗伯特肯定会掉下深渊。"

几天之后，这个故事像长了翅膀飞遍世界各地。

人们发现，死神也怕咬紧牙关。

◆◆◆◆◆◆◆◆◆ **斯坦金点评** ◆◆◆◆◆◆◆◆◆

只是一个爱的信念，就创造了平时根本做不出的奇迹。

# *091* 一　壶　水

> 必须对生活先有信心，然后才能使生活永远延
> 续下去。而所谓信心，就是希望。
>
> ——郎之万

在一片茫茫无垠的撒哈拉大沙漠。

一支探险队正负重跋涉。

阳光很剧烈。干燥的风沙漫天飞舞，而口渴如焚的队员们没有了水——这大沙漠中的生命之源。

水——是队员们穿越沙漠的信心和源泉，甚至是苦苦搜寻的求生的目标。

这时候，探险队的队长从腰间拿出一只水壶。说："这里还有一壶水。但穿越沙漠之前，谁也不能喝。"

那水壶从队员们手里依次传递开来。沉沉的。一种充满生机的幸福和喜悦在每个队员濒临绝望的脸上弥漫开来。

终于，探险队员们一步步挣脱了死亡线，顽强地穿越了茫茫沙漠。他们相拥着为成功喜极而泣的时候，突然想到了那壶给了他们精神和信念以支撑的水。

拧开壶盖。汩汩流出的却是满满一壶沙子。在沙漠里，干枯的沙子有时可以是清冽的水——只要你的心里驻扎着拥有清泉的信念。

"这个世界上，没有人能够使你倒下。如果你自己的信念还站立着的话。"这是美国著名的黑人运动领袖马丁·路德·金的名言。

## 斯坦金点评

信念才是力量的荒漠甘泉，信心才能克服生命的极限。

# *092* 纯白的金盏花

　　信心使一个人得以征服他相信可以征服的东西。

　　　　　　　　　　　　——德莱敦

　　多年前，美国一家报纸曾经刊登过一则令人心跳的启事：

　　一家园艺机构重金悬赏欲求纯白金盏花。其赏金额度之高，让每个人都想跃跃欲试。此事在当地引起轰动。

　　在自然界，金盏花除了金色，就是棕色，要想培育出白色新品种，那简直就是上天揽月下海擒龙。很多人一时冲动试过之后，就把那则启事抛至脑后：算了吧，什么纯白金盏花！

　　20 年后的一天，那个园艺机构意外地收到一件邮品，里面居然是 100 粒"纯白的金盏花"的种子，另有一封热情的应征信。

　　这些种子来自何方神仙？

　　谜底很快就揭开了，寄种子的原来是个年逾七稀的老太太，她是一个真正的花迷。

　　当年，她看到那则启事后，就怦然心动，马上动手操作，虽然遇到八个子女的一致反对，她还是执着地干下去。

　　一年之后，等到金盏花盛开，她就从盛开的花朵中筛选出更淡的花去选种栽培。

次年，她又撒下这粒种子，然后，再从盛开的花朵中筛选出更淡的花去选种栽培。

就这样，日复一日，年复一年，她的努力终于得到了回报，在花园里，出现了一朵白色的金盏花，那个白呀，如银似雪，美极了。

谁会想到，一个连专家都感到束手无策的大难题，竟被一位对遗传学一无所知的老太太自动破解，这不能不说是一个莫大的奇迹。

## 斯坦金点评

执着的人能够完成许多看似不可能的事情，每天进步一点点，日久也能产生飞跃。

# *093*　爬出深井

> 意志，是惟一不会耗竭的力量，也是人人永远
> 具备的力量。
>
> ——叔本华

米什是想给母亲一个意外的惊喜才从学校赶回郊区的家中过周末的。母亲要傍晚才能下班，米什打算先把家里收拾一下。先干什么好呢？他的目光落在了花园的那口井上，他一直想搞清楚这井怎么就没水，现在他要去弄个究竟。

他想，如果把井清扫干净，或许水就流出来了。他朝 74 英尺深的井下望去，手电筒的光亮几乎不能穿透黑暗，所以他就趴在井沿想看得更清楚，但他却没注意井沿上长满了湿滑的青苔。忽然手一滑，米什径直朝井底落去——

腰和腿的巨痛让他动弹不得，左脚跟被划了一条又深又长的口子，大脚趾也骨折了。米什终于摸到自己的眼镜，在黑暗中，他几乎什么也看不见。他几次试图向上攀爬，都毫无用处。

第二天早晨，他在饥饿中醒来："救救我，救救我！"他不顾一切地喊着，但声音只是在深井中回荡。

第三天早晨，米什又喊了两个小时，依然没有任何声音。"我会死在这个井里，没有人发现我的尸体。"这个念头让他悲恸极了。母亲无疑会以为他在学校没回家，而学校会认为他回家

过周末了，没人会找他。

井下的第四天，米什想尽力把坐的地方弄舒服些，他在移动井下的一块木头时，抓到了一个尺余长的金属片，是一个生锈的杠夹钳。他开始朝井壁上又凿又铲，期望能流出涓涓流水，他太渴了。

米什知道，如果再没有水，他会死过去。他闻脚下令人作呕的肮脏泥潭，从口袋里掏出带塑料皮的铁路通行证，用它舀起泥浆里的水，他强忍着泥水的恶臭，喝下了第一口……米什在摸索井壁时发现有一块砖头已经松动，这让他想到一个好主意。如果用钳子把那块砖撬开，再这样一直往上撬下去，这些洞不就成了他向上爬的落脚点了吗？

到了第五天，米什的工程已干到一定的程度。由于长时间浸在阴湿的井底，他的脚已冻得发黑了，还一阵阵往外渗水。

越是接近井口，越是费力，他得一只手扒住裂缝，另一只手铲开一块砖，把它扔下去。他蹬上一个缺口，再铲下一个。每一时刻，米什都在内心与自己斗争：要不要爬下去歇一会儿？绝不！只能向上，否则死路一条。

当米什耗尽最后的力气，跌倒在井边的野草丛里，他感受到的第一件事就是：背上的阳光多么温暖啊！这位 19 岁的小伙子在掉到井底七天之后，靠着聪明和意志死里逃生，重获生命。

## 斯坦金点评

我们每个人的心理都有一种"生命本能"，它永远指向生存、健康和幸福的目标。

# *094* 一面镜子

在积极的想法中蕴藏着巨大的能量。当你期望
最好时，你就确实创造了一个思想领域，它与你的
渴望能产生磁性。

——道格拉斯·布洛赫

一个年轻人正值人生巅峰时却被查出患了白血病，无边无际的绝望一下子笼罩了他的心，他觉得生活已经没有任何意义了，拒绝接受任何治疗。

一个深秋的午后，年轻人从医院里逃出来，漫无目的地在街上游荡。忽然，一阵略带嘶哑又异常豪迈的乐曲吸引了他。不远处，一位双目失明的老人正把弄着一件磨得发亮的乐器，向着寥落的人流动情地弹奏着。还有一点引人注目的是，盲人的怀中挂着一面镜子！

年轻人好奇地上前，趁盲人一曲弹奏完毕问道："对不起，打扰了，请问这镜子是你的吗？"

"是的，我的乐器和镜子是我的两件宝贝！音乐是世界上最美好的东西，我常常靠这个自娱自乐，可以感觉到生活是多么的美好……"

"可这面镜子对你有什么意义呢？"年轻人迫不及待地问。

盲人微微一笑，说："我希望有一天会出现奇迹，并且也相

信有朝一日我能用这面镜子看见自己的脸，因此不管走到哪儿，不管什么时候我都带着它。"

年轻人的心一下子被震撼了：一个盲人尚且如此热爱生活，而我……他突然彻悟了，于是坦然地回到医院接受治疗。尽管每次化疗他都会感受到死去活来的痛楚，但从那以后他再也没有逃跑过。

他坚强地忍受着痛苦的治疗过程，直到出现了奇迹，他恢复了健康。从此，他也拥有了人生弥足珍贵的两件宝贝：积极乐观的心态和屹立不倒的信念。

## ◆◆◆◆◆◆◆ 斯坦金点评 ◆◆◆◆◆◆◆

很多时候，阻碍我们成长的不是我们能力的大小，恰恰是我们的心态。

# *095*　福特的 V‑8 式发动机

> 不安于小成，然后足以成大器；不诱于小利，
> 然后可以立远功。
>
> ——方孝孺

亨利·福特在取得成功之后，便成了众人羡慕备至的人物。人们觉得福特的成功是由于运气，或者有影响的朋友，或者天才，或者他们所认为的形形色色的福特"秘诀"——由于这些东西，福特成功了。

毫无疑问，这些因素中有几种当然是起了作用的，但是肯定还有些别的什么东西在起作用。也许每十万人中有一个人懂得福特成功的真正原因，而这少数人通常耻于谈到这一点，因为它太简单了。只要一瞥福特的行动，就可完全了解他的成功"秘诀"。

多年前，亨利·福特决定改进现在著名的 V‑8 式发动机的汽缸。他要制造一个具有铸成一体的八个汽缸的引擎，便指示工程人员去设计。可是，这些工程人员没有一个不认为要制造这样的引擎是不可能的。

福特说："无论如何要生产这种引擎。"

"但是"，他们回答道，"这是不可能的。"

"去工作罢！"福特命令道，"坚持做这件工作。无论要多少

时间，直到你们完成了这件工作为止。"

这些工程人员就去工作了。如果他们要继续当福特汽车公司的职员，他们就不能去做别的什么事。六个月过去了，他们没有成功。又过了六个月，他们仍然没有成功。这些工程人员愈是努力，这件工作就似乎愈是"不可能"。

在这一年的年底，福特咨询这些工程人员时，他们再一次向他报告，他们无法实现他的命令。"继续工作"，福特说，"我需要它，我决心得到它。"

发生了什么情况呢？

当然，制造这种发动机完全不是不可能。后来福特 V—8 式发动机装到最好的汽车上了，使福特和他的公司把他们的最有力的竞争者远远地抛到了后面，以致他们用了好些年才赶上来。

福特的积极心态的动力对你也是适用的。如果你应用它。

## 斯坦金点评

如果你像亨利·福特那样，你也能把不可能的事所含的可能性变成现实，取得成功。

福特成功的秘诀就是：积极的心态加上坚定的决心。

# *096* 只差三分钟

> 伟大的事业成功之后，在一般人的眼里，才像
> 是可能的事。
>
> ——司汤达

阿拉斯加的工兵队奋力地筑一座桥。河水冻结成冰，工程师利用坚硬的河面来支撑桥墩，因此，必须在结冰融化之前，完成桥墩的架设工作，否则将前功尽弃。

生产桥墩钢梁的厂家距离工地路途遥远。更糟的是，因为气候过于恶劣而延误装船，到达时已经逼近完工的最后期限，只剩下几天的时间。钢梁终于运达工地，吊到预定的位置时，才发现长度不够，差了几英寸。

天气即将变暖，钢铁厂远在千里之外。完了？但难不倒具有领导能力的积极思考者。

工兵队中有一位工程师当机立断，打电话给钢铁厂，要求他们赶工生产正确尺寸的钢梁。钢铁厂里有一个人也同样不相信"不可能"三个字，因此钢梁在破纪录的期限内完成，在两名专员的监督指挥下，十万火急地被运到阿拉斯加。

钢梁运到工地，吊到预定的位置，架设完成。三分钟后，支撑桥墩的冰块崩落。

一个人必须意志坚定，绝不妥协，加上一位无形伙伴默默地

协助，才能完成如此艰巨的任务。

只要目标坚定，就能产生此种力量。相对于整个宇宙，我们的世界渺小得微不足道，但天助自助者。不屈不挠的人，往往能达成目标，这是宇宙不变的真理。

如果你有心追求更高的成就，就应该认识内在更有力量的积极自我。它可以创造你想要的快乐、所有物质上的富足、内心的平静和喜悦，更可以使你的肉体免于疾病之苦。

在任何一个时代都不会有太多的"天才"，但是你会发现，每一个天才都能善用积极的自我，加上坚定不移的信心，达成明确的目标。

## 斯坦金点评

掌握你的积极自我，它会让你步上成功之境；驾驭它，你可以飞到成功的任何高度。

# *097* 80 美元周游世界

有价值的联想，往往造就了一个美梦。

罗伯特·克里斯托福具有确定的目的和积极的心态。

26 岁的罗伯特却像许多孩子一样，当他阅读朱尔斯·维因动人的幻想故事《80 天周游世界记》时，他的想象力被激发了。罗伯特告诉我们：

"我过去花了许多时间去做不切实际的梦想，直到我渐渐长大了，读了两本励志的书：《思考致富》和《信任的魔力》，我就变得实际了。

"别人用 80 天环绕世界一圈。现在，我为什么不能用 80 美元周游世界呢？我相信任何目的都是能够达到的，如果我们有诚意和信心的话。也就是说：如果我从我所处的地方出发，我就能达到我所想要到达的地方。

"我想：别的一些人能够在货轮上工作而得以横渡大西洋，再搭便车旅行全世界，我为什么就不能呢？"

于是，罗伯特就从他的衣袋里拿出自来水笔，在一张便条上开列了一个他可能要面临到的问题表，并记下解决每个问题的办法。

现在，罗伯特·克里斯托福是一位熟练的照相师了。当他最后做出了决定时，他就行动起来：

一、和大药物公司查尔斯·菲兹公司签订了一个合同，保证为公司提供他所要旅行的国家的土壤样品；

二、获得了一张国际司机执照和一套地图，而以保证提供关于中东道路情况的报告作为回报；

三、设法找到了海员文件；

四、获得了纽约警察当局开的关于他无犯罪记录的证明；

五、准备了一个青年旅游招待所会籍；

六、与一个货运航空公司达成协议，该公司同意他搭飞机越过大西洋，只要他答允拍摄照片供公司宣传之用；

当这个青年完成了上述计划时，他就在衣袋里装了 80 美元乘飞机离开了纽约市。他此行的目的是用 80 美元周游世界。下面是他的一些经历：

一、在加拿大的纽芬兰岛甘德城吃了早餐。他怎样付餐费呢？他给厨房的炊事员照了相。他们都很高兴；

二、在爱尔兰的珊龙市花 4．80 元买了四条美国纸烟。那时在许多国家里纸烟和纸币作为交易的媒介物是同样便利的；

三、从巴黎到了维也纳。费用是给司机一条纸烟；

四、从维也纳乘火车，越过阿尔卑斯山，到达瑞士，给列车员四包纸烟；

五、乘公共汽车到达叙利亚的首都大马士革。罗伯特给叙利亚的一位警察照了相，这位警察为此感到十分自豪，便命令一辆公共汽车免费为他服务；

六、给伊拉克的特快运输公司的经理和职员照了一张相。这使他从伊拉克首都巴格达到了伊朗首都德黑兰；

七、在曼谷，一家极豪华的旅社主人把他当国王一样招待。因为罗伯特提供了那个主人所需要的信息———个特殊地区的详细情况和一套地图；

八、作为"飞行浪花"号轮船的一名水手，他从日本到了旧金山；

　　用 80 天周游了世界吗？不，罗伯特·克里斯托福用 84 天周游了世界。但他的确达到了目的——用 80 美元周游世界。

　　确定的目的和积极的心态激励了罗伯特，从而使他达到了特殊的目标。

## ◆━◆━◆━◆　斯坦金点评　◆━◆━◆━◆

　　这不是一般意义上的旅游，而是一次对自己能力和意志的卓越考验，是超越常人水准的一次人生挑战。

　　一切成就的起点都是积极的心态所要取得的确定的目的。记住这句话，并且问问你自己："我的目标是什么？我真正需要的东西是什么？""并且，我要怎样才会达到我的目标？"

# *098* 把斧子卖给总统

> 我们这个世界的最新福音是，认识你的工作，
> 并且努力去做。
>
> ——卡莱尔

2001 年 5 月 20 日，美国一位名叫乔治·赫伯特的推销员，成功地把一把斧子推销给了小布什总统。

布鲁金斯学会得知这一消息，把一个刻有"最伟大的推销员"的金靴子奖给了他。这是自 1975 年以来，该学会的一名学员成功地把一部微型录音机卖给了尼克松总统之后，又一学员迈过如此高的门槛。

布鲁金斯学会创建于 1927 年，以培养世界上最杰出的推销员著称于世。它有一个传统，在每期学员毕业时，都设计一道最能体现推销员实力的实习题，让学员去完成。克林顿当政期间，他们出了这么一个题目：请把一条三角裤推销给现任总统。八年间，有无数个学员为此绞尽脑汁，最后都无功而返。

克林顿卸任后，布鲁金斯学会把题目改成：请将一把斧子推销给小布什总统。

鉴于前八年的失败与教训，许多学员都知难而退。个别学员甚至认为这道毕业实习题会和克林顿当政时一样毫无结果，因为现在的总统什么都不缺，即使缺什么，也用不着他们亲自购买。

再退一步说，即使他们亲自购买，也不一定正赶上你去推销的时候。

然而，乔治·赫伯特却做到了，并且没有花多少工夫。

一位记者在采访他的时候，赫伯特是这样说的：我认为，把一把斧子推销给小布什总统是完全可能的。因为小布什总统在得克萨斯州有一座农场，那里长着许多树。于是我给他写了一封信，信中说，有一次我有幸参观您的农场，发现那里长着许多矢菊树，有些已经死掉，木质已变得松软。我想，您一定需要一把小斧头，但是从您现在的体质来看，这种小斧头显然太轻，因此您仍然需要一把不甚锋利的老斧头。现在我这儿正好有一把这样的斧头，正是我祖父留给我的，很适合砍伐枯树。倘若您有兴趣的话，请按这封信所留的信箱，给予回复……最后他就给我汇来了15美元。

乔治·赫伯特成功后，布鲁金斯学会在表彰他的时候说：金靴子奖已设置了26年。26年间，布鲁金斯学会培养了数以万计的推销员，造就了数以百计的百万富翁，这只金靴子之所以没有授予他们，是因为我们一直想寻找这么一个人——这个人从不因有人说某一目标不能实现而放弃，从不因某件事情难以办到而失去自信。

## 斯坦金点评

不是因为有些事情难以做到，我们才失去自信；而是因为我们失去了自信，有些事情才显得难以做到。

# *099* 最矮的 NBA 球员

> 每一个人都有自己的优势，无论你有什么缺
> 陷。
>
> ——球星

许多人喜欢看 NBA 的夏洛特黄蜂队打球，特别喜欢看 1 号博格士上场打球。

而博格士身高只有 1.60 米，即使在东方人里也算矮子，更不用说在身高两米都嫌矮的 NBA 了。

据说博格士不仅是现在 NBA 里最矮的球员，也是 NBA 有史以来破纪录的矮子。但这个矮子可不简单，他是 NBA 表现最杰出、失误最少的后卫之一，不仅控球一流，远投精准，甚至对高个队员带球上篮也毫无所惧。

每次看到博格士像一只小黄蜂一样，满场飞奔，人们心里总忍不住赞叹。他不只安慰了天下身材矮小而酷爱篮球者的心灵，也鼓舞了平凡人的内在意志。

博格士是不是天生的篮球好手呢？当然不是，而是意志与苦练的结果。

博格士从小就长得特别矮小，但他非常热爱篮球，几乎天天都和同伴在篮球场上玩耍。当时他就梦想有一天可以去打 NBA，因为 NBA 的球员不只是待遇奇高，而且也享有非常高的社会评价，是所有爱打篮球的美国少年最向往的美梦。

　　每次博格士告诉他的同伴："我长大后要去打 NBA。"这时，所有听到他的话的人都忍不住哈哈大笑，甚至有人笑倒在地上，因为他们"认定"一个 1.60 米的矮子是绝不可打 NBA 的！

　　但他们的嘲笑并没有阻断博格士的志向，他用比一般高个人多几倍的时间练球，终于成为全能的篮球运动员，也成为最佳的控球后卫。他充分利用自己矮小的优势：行动灵活迅速，像一颗子弹一样；运球的重心最低，不会失误；个子小不引人注意，抄球常常得手。

　　拿破仑·希尔认为"一个人在精子和卵子相遇的一刻，就注定了是一个成功者。因为成千上万的精虫在奔向惟一的卵子时，争斗比人间还激烈，最后成功的那一个，构成了一个人。"博格士不怕人笑，所以创造了自己的奇迹！

## ❖❖❖❖❖ 斯坦金点评 ❖❖❖❖❖

　　打破常规去发展自己，你才能尽快出人头地。

　　如果博格士是身高两米以上的篮球运动员，他不可能在篮球场上那样风光。

# ·卷 九·

# 杰 出 女 性

卓越的人一大优点是：在不利
与艰难的遭遇里百折不挠。


如果说美丽是女人的一项特
权，那么，成功则是女人更加美丽
的风景。

# *100*　好莱坞女影星嘉宝

> 她决定放弃原有的固定工作，花钱去学戏剧。
> 她懂得"选择"，并且有远大的眼光和相当的勇
> 气。

据我所知，有两位很著名的人物，都曾在理发店内工作过，他们知道如何把肥皂和水搅和，怎样涂在顾客的脸上，然后待理发师刮去顾客们的胡须。这两个人分别是嘉宝和查理·卓别林，他们都曾受到过生活压迫，做过这种职业。

嘉宝初到美国时，还只是一个 19 岁的少女，她离开了祖国瑞典，孤单地踏上她羡慕已久的"金元帝国"，没有一个人认识她，更何况她又不会说英语。

可是，经过了十几年，她已是世界最负盛名的妇女之一了。

幼年时代的嘉宝，就充分显露出她那神秘的个性。她讨厌拘束乏味的学校生活，所以常常逃学，跑到戏院后面的走廊上看戏，因为站在这里是不必买票的。每当嘉宝看得兴奋的时候，她就会急忙跑回家中，取出平日玩耍用的水彩涂个满脸，说是模仿普萨瑞哈特（法国著名演员，1844 年至 1923 年）。

嘉宝 14 岁时，父亲去世了，从此家境日贫，于是她就此辍学，到一家理发店工作。不久，她又转到斯托克荷姆一家商店的售帽部为职员。

为了促销，该公司的售帽部决定拍一部宣传帽子的影片，嘉宝正巧被选为模特儿。这原是一件极平凡的事，可是，谁也没想到竟使她从此脱离了困境，开始走向成功之路。甚至连嘉宝也说："这是做梦也想不到的。"

原来，这一部宣传帽子的影片，被一位著名的导演看到了，他觉得片中的模特儿嘉宝很有拍戏天才，尤其是那种近乎神秘而又带有天真的诱惑力更是难能可贵。所以，他竭力怂恿嘉宝放弃现职，进入戏剧学校学习，将来必有惊人成就。这时的嘉宝才16岁。

要嘉宝放弃已有固定薪金的职业，再花钱进入戏剧学校学习，的确是件困难的抉择，没有远大眼光和相当勇气的人，是绝对不会这样做的。于是嘉宝清楚自己对戏剧的痴迷程度，将来必有成功的希望，于是听从这位导演的鼓励，毅然辞职，开始向理想目标迈进。我们相信，要是没有这位导演赏识嘉宝的天才，恐怕嘉宝还只是一个售帽部职员。

有一次，瑞典的著名导演马莱斯·史蒂勒请戏剧学校选派一个女孩子，去充任某部影片的配角，嘉宝荣幸地获得了这个机会。她那时候不叫嘉宝，叫做葛丝塔福生，因为这个名字太缺乏诗意，又不动人，而且不容易记，所以，这位史蒂勒导演就替她取了一个令人心醉的名字：嘉宝。

嘉宝是一个世界闻名的神秘女郎，凡是和她一同工作过的人，都承认她是神秘的。

华莱斯皮雷虽然和她在同一个公司里当演员好多年，可是，从来没有遇见过她。尤其使他惊奇的是，他和她同拍过一部"大饭店"影片，以为这一次一定可以碰到她了，结果还是让她失望了。原来，他们被派在不同的场景下工作，而这些场景又不是在同一时间拍摄的，当然他没办法见到她了。

有一次，美国最著名的评论家亚莎·白利斯伯特地到好莱坞，希望参观嘉宝拍戏，却被这位瑞典小姐当下拒绝了。她说："我很钦佩白利斯伯先生所写的文章，不过，有他在场，我就不能拍戏。"

更有趣的是，有时嘉宝在拍戏时，甚至请求导演离场，这无异是在说：除了摄影师外，再也不许别人看她。你说神秘不神秘呢？

有位摄影师叫做甘廉·达尼斯，他最了解嘉宝的心理，嘉宝也最愿意和他合作。他俩原是不认识的，当嘉宝在美国主演第一部影片时，公司派他摄影，于是他俩才认识。他发觉嘉宝是一个动人和局促不安的女子，所以在该片完成以后，他极力称颂她，并向她道贺，然后他表示希望再能和她合作。这使嘉宝大受感动，几乎要哭了出来，从此，她就把他当作知己。所以，她以后主演的片子，差不多都是由他摄影的。当嘉宝返回欧洲以后，公司从未接到过她的来信，甚至连明信片也没有，倒是她的摄影师达尼斯，曾收到过她的一封电报。

全世界有千百万的影迷羡慕她。但是，因为她不善交际，所以朋友非常少。她虽然名气很大，可是被介绍与人相见时，往往全身会不自觉地战栗起来。

她最喜爱孤独，每年都是安静地在家里独个儿吃着圣诞晚餐。她家里没有收音机，笑声也极少，连电铃、电话声也不常听到。

嘉宝的住址是个大秘密，在全美国，恐怕知道的不过数十人而已。她甚至瞒过邻居们，使他们做梦也想不到，嘉宝就在他们的隔壁。有次她搬了新家，已付了三个月的房租，在第三天，不知是谁泄露了秘密，竟有一个摄影记者来访问她，等她送走那位摄影记者后，她就立刻又搬家了。

据说能够知道她秘密住址、常常去拜访她的，只有两个人，好像是她的密友。

　　嘉宝生活很节俭，她驾驶一辆破旧得"不可收拾"的汽车，可是还舍不得抛弃它。她家里仅雇用一个车夫、一个女佣以及一个厨子。她每星期有7500百美元的收入，但只消费100美元。

　　她最喜爱动物，散步的时候要是碰到了一只狗，或者一匹马，她总要停下脚步来看看，然后用手去抚摸它们，找寻食物去喂它们，并且还跟它们讲话。她曾在游泳池内养了许多金鱼和青蛙。有一次，我的朋友去访问她，恰巧她在玩弄一只青蛙。于是，这一次的谈话，就完全集中在青蛙身上了。

　　她在美容方面是很马虎的，从来不抹胭脂，不涂唇膏，连指甲上也不涂蔻丹。她鼻子两旁有些黑斑点，她也不想用粉去掩饰。就是在拍戏的时候，她也是反对修饰得过分浓妆艳抹的。

　　她有特殊怪癖，喜欢穿水手的衣服去散步，但有时性急找不到水手装，就用短衣替代。

　　嘉宝有一双大脚。其实和她身高一比，这双脚并不算大，她身高五英尺六英寸，但也只不过是穿七号的鞋子。

　　她常常这样自夸："我有生以来，从未看过牙医。"真的，她的满口牙齿，颗颗光滑洁白，好像是象牙镶嵌成的呢!

　　Applesauce是她最初学会的英文字，要是你请她用一个字来描述好莱坞，也许她仍会说出这个字："Applesauce"（苹果酱）。

## ◆◆◆◆◆◆◆◆◆ 斯坦金点评 ◆◆◆◆◆◆◆◆◆

　　许多名人都有奇怪的性格，的确，因为她们不同于常人，行为做事很难随波逐流。

# *101*　俄国女公爵玛丽

俄国玛丽女公爵——她的家教很严，虽然她是
在痛苦和孤独中长大，但她却仍旧那么谦和、慈
爱，又美丽。

我曾有一个机会和俄国玛丽公爵相见，并承她尊我为"座
上客"，使我觉得非常荣幸。

玛丽女公爵可以说是西半球最著名的皇族后裔，俄皇亚历山
大三世是她的伯父，尼古拉二世就是她的堂兄。

我在见她之前，曾不断猜想：她是美丽动人？是活泼可爱？
还是冷酷无情呢？

当我见过她之后，发觉她是一位又活泼、又美丽、又有吸引
力、又有爱心的女公爵。

她诚恳地告诉我：她虽然已是中年人了，但是回忆起年轻时
代，却依然如昨。她那时是个最怕羞、最柔弱的女孩子，并且，
常常自以为"能力不如他人"。

在俄国，罗曼诺夫家族曾掌握了该国主权三百年，也是最富
有的一族。她侥幸诞生在该族，所以从小就被看成为"金枝玉
叶"，常常神气十足地坐在一辆金车里，由六匹白马拉着，还有
许多穿红制服的骑兵在两旁保护着，真是一个"天之骄子"。

当她的金车子经过时，会有成千上万的民众悄然无声地站立

在路旁静候，好像能见她一眼就非常荣幸。虽然她是俄国的公主，是最尊贵的女公爵，但是却非常怕羞，当她被民众围观时，连头也不敢抬起来。

她一岁半的时候母亲去世，所以从小由保姆、监护人、教师等不相识的人抚养长大，从来没有享受过"慈母之爱"。

她的保姆都说英语，她的教师们也教她英文。所以，她在六岁时，还不会说一个俄国字呢。

她幼小时的生活非常俭朴，吃的食物都很平常，晚餐仅是面包牛奶。她的衣着也很朴素，尽管她住的地方挂满了名画和无价之宝，也尽管她家里的东西都很值钱。她在结婚以前，都还是穿布衣、线质的手套和袜子。她笑着告诉我，她小时候，有一个最大的愿望，就是期盼结婚，因为结婚后她就可以穿丝袜了。

她幼年时由伯父母抚养，她的伯母很不喜欢她，恨她住在他们家里。所以，在吃饭的时候，要是她迟到了一分钟，或者不能和客人们愉快地谈话，都会使她伯母大发脾气。她伯母也禁止她在别人面前大笑，认为孩子的笑是最愚蠢、最令人憎恶的。

玛丽女公爵在伯父母家中，从来没有享受过快乐生活，她是在孤独痛苦中长大的。惟一能安慰她的，只有她的外祖母，也就是希腊皇后奥尔卡。她时常给玛丽女公爵一些精神上的爱和物质上的满足。

当她16岁时，她急着想要得到一把琵琶，可是，她不敢向伯父索讨，自己又没有钱去买。终于，她鼓起了勇气，请教师代替她去向伯父要求。

伯父说，"可以的……"这句话还没说完，突然，有个人向她伯父抛掷了一枚炸弹，把他炸成了数段……

她感叹地说："想不到，我伯父最后的遗言，竟是允许我买一把琵琶。"

（戴尔·卡耐基）

## 斯坦金点评

虽然贵为"金枝玉叶",也有不少烦闷和苦恼。

# 102 "小妇人" 爱尔考特

*《小妇人》是全世界最受女人欢迎的杰作，可是当初，作者志向并不在写作，只是为了抚养家人，才从事卖文的工作。*

几十年前，《小妇人》影片在纽约卖座的盛况——放映到第17天时，等候买票的人还是排列成蛇形队伍，堵塞了好几条马路。这是纽约有史以来未曾有过的现象，震惊了整个美国影坛。

由《小妇人》影片，我想起了这部名著的作者爱尔考特，以及这部名著的写作经过。

爱尔考特年轻的时候，是一位最喜欢吹口哨的顽皮小姐，颇具男子气慨。长大后，她从事写作工作，因为对女性还是没兴趣，所以作品里从不涉及女性。

后来，因为经不起出版家的强烈要求，她才开始着手写这部《小妇人》。可是，因为没兴趣，在中途又停笔了好几次。

《小妇人》脱稿后，她认为这是她最失败的一部著作。想不到出版后销售一空，只在美国，就拥有2000万以上的读者。一些文学家曾公开评论说："《小妇人》是全世界最受女人欢迎的一部杰作。"她自己倒被弄得莫名其妙，怀疑地说："这到底是什么缘故？"

她有这样的声誉，不但出乎自己的意料，也出乎一般熟悉她生平的人意料之外。她幼年时，因为性格粗鲁，和普通女子不同，曾被许多神经过敏的人预言，她将来不会有善终。

她志向并不在写作，只因为父亲不会赚钱，她想抚养母亲和几个妹妹，才逼迫自己从事卖文生涯。起初，她的作品到处碰壁，有人劝她放弃写作，改在缝纫方面努力，还好，她没有放弃。

在爱尔考特小姐的故乡康考德，矗立着一座古老的白色房子，现在每年总有好几万人去拜访它：因为这正是她的诞生地。

记得有一次，我看见一位妇人在拜访这座古老、破旧的白色房子时忽然哭了起来，有人好奇地问她原因时，她说："我想起了《小妇人》书中的四位主角：梅格、韶、佩斯和爱美，她们不是都曾在草屋中共度过悲欢吗？书中的韶不是描写爱尔考特小姐自己的遭遇吗？看了这么动人的书，又见了书中所常提的白色房子，我能忍得住不哭吗？"《小妇人》的伟大动人，可以说又获得一个有力的证明了。

当然，《小妇人》还不停地再版，每年也不断地增加新的读者，这使拜访康考德那座白色房子的人也不断增加。多数人已这么承认：康考德已是一处圣地了。

## ◆◆◆◆◆◆◆◆ 斯坦金点评 ◆◆◆◆◆◆◆◆

做事并不完全在于执着和坚忍。聪明人所表现的才气只做一件事就足矣！

# *103* 神怪作家蕾妮哈特

　　　　她是著名的多产作家，也是稿酬最多的作家。
　　但她竟认为写作是最艰苦的贱役。尽管如此，她还
　　是继续不停地写作，即使在病床上也是如此。

　　玛丽罗伯丝·蕾妮哈特的作品，至少已拥有 100 万以上的读者。

　　她开始写作时，已是三个孩子的母亲了。她至少有 44 部以上的著作，而且在杂志报章上发表过千万页的文字。

　　她真的成名了。但她的写作动机，却是为贫穷所迫。

　　她的处女作仅卖了 34 块钱，但是后来，同样的一部作品，至少要卖 3.4 万元。出版商们还甘心乐意向她争购。

　　她是著名的多产作家，也是美国当代稿酬最丰的作家之一。但她怎么说呢？她竟说："写作是一种最辛苦、最艰难的贱役。"

　　起初，她把写好的剧本一捆一捆地卖给电影公司，每捆仅卖 75 元。但后来，好莱坞的一家电影公司，愿意每年付给她 5 万元的报酬，请她编写剧本，谁知道竟被她拒绝了。

　　许多人都替她的健康担心，因为她时常生病。但她自己却满不在乎，尽管是病着，还是继续不断地写作，无论在床上、病椅上，甚至在医院里，她都可以写。有一次，她的白喉症才刚痊愈，她就开始写诗。她恐怕病菌传染，就先把诗稿消毒过，然后

再寄给编辑先生。这可说是一段别具风味的文坛佳话。

蕾妮哈特常常对人说：要是她不常生病，就不会老是睡在床上，或许也就不会写出这么多的作品了。

最使她感到遗憾的是，那篇消毒过的诗稿，竟被编辑先生退稿了。另外，她曾替小孩写出了一首长诗，亲自从彼得斯堡跑到纽约，想找一个出版商出版，谁知道，找遍了所有的出版商，连她的脚底都跑出了水泡，竟没有人肯替她出版，这真使她伤心极了，几乎想从此放弃写作生涯。幸亏她在三小时后又执笔继续写作了。否则，她怎会成名呢？

我前面说过，她的写作动机完全是为贫穷所迫。不过，她本来是富有的。有一天，忽然间，就像遭飓风的袭击一般，她竟完全破产了。不错，在这一天内，因为金融上发生巨变，使她失掉所有的钱财，并且，还负了1.2万元的债。1.2万元，在她心中，像是1200万之多。可是，她有什么办法呢？

她的丈夫，是一个普通医生，过去，随便他赚多少钱都好，反正也不用他的钱来维持家用。可是现在，丈夫的收入已经变成全家仅有的收入了，何况，还欠了那么多的债。她急需找份工作，以便减轻丈夫的重担，但是她又能做什么呢？

她想起来了，她可以练习写作。不过，她整天忙碌着，一到了晚上，就疲倦得要死。何况，夜里还要常常起来，泡熟牛奶给小宝宝喝，她哪有时间写作呢？

有一天，丈夫告诉她一件奇事：最近诊治了一个精神失常的老人，他自以为是个年轻力壮的少年，而且不认得自己的太太了。有人曾和他开玩笑，指着屋子里跳跃的孩子们，说是他的亲子女，他欢喜得哈哈大笑。

蕾妮哈特觉得这位老人真有趣，就以此为题材，在当晚写好一篇短篇小说，寄给一家文艺刊物。真使她兴奋，该刊不但录用了这篇小说，还寄给她一张34元的支票，并且，更有一封编辑先生写的信，请她多替他们写些小说。

于是，她开始利用空闲写小说。

你以为她一定有很多的空闲时间吧？其实恰巧相反，她每天要做那么多的事。

早晨，她要把寝室收拾整洁，还要照顾丈夫和三个孩子起来。虽然雇了女佣，但她执意亲手准备一日三餐，就是丈夫和三个孩子的衣服添置和织补等等，也都是由她妥为张罗。她还要替丈夫保管帐簿和核算帐目，又要帮助丈夫进行种种慈善工作。还有，十几年来，她一有空闲的时候，总要去照顾她年老无依的母亲。除了每晚她丈夫又出外诊疗外，她没有工夫从事写作。

可是，蕾妮哈特的写作速度真快，她在一年之内竟完成了45篇小说，得到了八千多元的稿费。

当蕾尼哈特的丈夫去世后，她和孩子们都搬进了他的办公处，她是住在他死去的那间房里。奇怪的事情，就接连不断地发生了：

电铃时常无故发声，房门往往自动开启；在门窗都关闭的时候，竟会有鸟儿时常出现；深夜，床头会有东西作响，房门老是被拍击；打字机没有人使用，却自动地打了起来；偶然闯入的狗，也会立刻惊恐地逃出，而且战栗地狂吠；花盆里栽的花，竟被连根拔起，抛离在30英尺外，但花盆却仍在原处，有时候桌子椅子也会跳动，每夜还可隐约地听到恐怖的喊声……

蕾妮哈特害怕极了，每晚都不能安睡。一位相信幽灵存在的朋友劝告她，等到再发生这种怪事时，她应该和幽灵说话，并且询问他们，究竟要些什么？使她可以帮助他们。这一夜，房中的窗户忽然又自动打开，她真是十分恐惧。她偷偷地从床上爬起，又慢慢地踱到墙角，然后战栗地问他们："你们究竟要什么？"

话声未停，忽然铃声大响——这真要吓死她了，她以为是幽灵们愤怒的表示，但马上，她神志清醒过来，原来，她自己倚在墙上时碰到了电铃。

她绝对不相信人死了真的会变成幽灵，不过，她却无法解释她所经历的怪事，只好这么说：

"我想，或者看不见的世界中，有些小鬼们，会跳来戏弄我们吧。"

但有人说："因为她写过太多神怪小说，所以才招来了许多的鬼怪。"

## ◆◆◆◆◆◆◆◆◆ 斯坦金点评 ◆◆◆◆◆◆◆◆◆

奇怪的事情经常在名人身上发生。人们心志中经常想的事，现实生活中，难免产生幻觉。

# *104* 女作曲家榜德

> 当穷得买不起稿纸时，她就用包东西的纸写曲
> 子；点不起油灯了，她就在微弱的烛光下，孕育她
> 的音乐。

好几十年以前一个严寒的冬夜里，在北部米琪根密丛林附近，发生了一幕惨剧：佛兰克·榜德医生摔倒在冰天雪地里……死了。

自从这慈爱的名医佛兰克·榜德携眷居住在这丛林地带后，这里一些贫穷的患者，像是遇到了一位"慈父"。他们从此不再畏惧病魔，即使生病，也不用提心，因为他们有了个"救星"。过去该地的人不知道"医生"，不知道"病"可以"医"，他们只好顺其自然，不幸病重死了，也认为是"天命"，而其他真正的医生呢，也不愿到这样的地方行医。

这天夜里，榜德医生又被人请去拯救一个危急的病人。当他准备妥当，热吻了她的娇妻，说了几句夫妇间的悄悄话后，就匆匆出门了。

谁想到这几句悄悄话，竟成了他最后的遗言。就在五分钟后，这位慈爱的名医，摔死在冰冷坚实的地上。原来，一个淘气的孩子，想和榜德医生开个玩笑，偷偷地在他背后用雪球抛掷他。意想不到的是，榜德医生就因此摔倒在地上死去了。

保险费4000元，一个独生子，巨额的负债——这是榜德医

生遗留给这可怜的孀妇卡丽杰考白·榜德的全部财产。

向来多病的卡丽杰考白·榜德，突然遭此惨变，怎么能不悲恸欲绝呢？她要独个儿肩负起家庭的重担了。可是，除了有一点管理家庭和抚养小孩子的经验以外，她还能做什么呢？如果经商，她可是全无经验。

许多人可怜她，甚至愿意帮助她，但都被她婉言辞谢了。她带着惟一的爱子，到了芝加哥，和亲友终止了往来，准备和未来的命运抗争。

起先她做些买卖，结果惨遭失败。后来，她开始试着写些歌曲，但出版商不愿替她出版。

经过15年的不懈努力，榜德夫人完成了一支新曲，叫做《一日终了》，想不到就此一鸣惊人。此曲在短期间内便卖去600万份，她也一次获得现金25万元。

你们羡慕她吗？要知道，这是她经过15年不灰心的长期奋斗得来的啊。她刚开始作曲时，连五块钱一曲也没有人要。那时候，她付不起房租，到了冬天，由于怕冷，终日不敢离床，因为她连买两块木头的钱都没有。后来，她更穷困了，每天只能吃一餐饭，讨债的人接连不断，把她屋中家具全部搬走了，只留下少许的生活用具。

可是榜德坚强地在艰苦环境下奋斗，依然不断地作曲。期间，她完成了许多名曲，如《我真实的爱你》等等。

当她穷得买不起稿纸时，就用包东西的纸写曲子；点不起油灯时，就在微弱的烛光下写作。

有一次，榜德想在音乐杂志上刊登一则小广告，替她自己的作品宣传。可是，她没有那么多钱。她竟然愿意替该杂志的女主笔缝衣服，而以所得折付广告费用。

记得她第一次参加演出时，把自己所写的歌曲演唱了一整晚，但所得报酬连五块钱都不到。后来，她的名气愈来愈大，被英国商人佛兰克·麦凯夫人聘请前往伦敦，仅演唱 20 分钟，就付给她 100 元，车马费还没算在内。

可是，榜德永远不会忘记的是，她初次在游艺会中歌唱，竟被听众辱骂，这真使她羞愧极了，她立刻从后台溜到街头，没戴帽子，也没穿大衣，悲愤得痛哭流涕。但她并没有灰心，反而更加努力地督促自己，终于在数十年后达到了她的目的，真正扬眉吐气，芳名闪耀在各繁华都市。

至于她那不朽的名曲《一日终了》是如何写成的呢？

那是在一个风和日暖的好日子，榜德夫人和几位朋友出去玩。经过南部加州的花丛，只见常春藤布满两旁，玫瑰花含苞待放，一阵阵清香扑入鼻孔，使她的内心兴起了一种说不出的快感。黄昏时，她们站在山顶上，看落日暮霞，真有说不尽的诗情画意。等到金黄色的太阳向神秘的太平洋落下去时，她不禁感慨地自语道："真的，这是一日的终了啊！"

于是，美丽的词句，像狂潮般在她心头涌起，她立刻口吟了两节动人的诗句，经过她略加修饰之后，刹那间就很自然地完成了一曲新歌。

她作这首新歌的经过就这么简单，也不曾费力。可是，无疑这已是一首名歌，一首震惊世界的不朽名歌了。它广大的销路，受人欢迎的程度，的确打破了歌曲界有史以来的纪录。

无论是老罗斯福总统时代，或者是哈定总统时代，榜德都曾被邀请到白宫，指定演唱她那首《一日终了》的名曲，而且还不止一次。

## 斯坦金点评

看似一曲成名，实际上是多年的生活磨历，15 年不懈努力的结果。

# *105* 闪烁的女将星

*弱者，你的名字不是女人。*

## 没打算嫁人的美国女将军——里尔斯

里尔斯出生在纽约州昔腊丘兹镇的一个普通工人家庭里。她的父亲长期失业在家，且视酒、赌博如命，家境十分贫寒。在一家工厂当纺织工的母亲则有一副宽厚仁慈的心肠，用坚强的毅力支撑着这个家。良好的母爱感染着里尔斯，她每天都去拾破烂，挣来的钱总是如数地交给母亲。初中没念完，里尔斯便被迫辍学了。经别人介绍，她到一位海军少将家当了保姆。从此，里尔斯一个人干两个人的活，洗衣、买菜、做饭样样都行。30 年后，她回忆起这段往事时说："那时虽苦点、累点，但应该感谢将军，他给了我理想。"

20 世纪 40 年代末，21 岁的里尔斯经过自己的一番努力，加入了海军陆战队的行列。在清一色的的男兵里，仅有两名女性。训练、环境、目标都向她们提出了威严的挑战。

最初，她们只是想体验一下部队生活，争取将来找个好工作来报答母亲。训练结束时，只有里尔斯在眼泪和汗水中坚持下来了，她被分配到陆战队一个资料室去打字。仅有初一文化、又当了多年保姆的她确实干不好这个工作。可对于生性倔强的她又怎能知难而退呢？干！说干就干！她夜以继日地背诵生字生词，练就了一手娴熟的打字技术。里尔斯的聪慧好学、吃苦耐劳的精神深得上司的赏识，不久连她自己也没想到会被送到昔腊丘兹秘书学校学习，这不寻常的转折为她以后的仕途架起了桥梁。

此后不论赴欧洲学习，还是在海军陆战队基地任职，她从不虚度闲暇，总是利用节假日，博览群书，汲取各方面的知识，弥补自己的欠缺。她在快过 40 岁生日时终于聪颖而出——任罗得岛州新港海军学院副院长。两年后，她由上校军衔晋升为准将，成为美国海军陆战队某基地首任女司令。

里尔斯终于实现了自己的将军梦。她也确实为此付出了巨大的代价——她先后拒绝了六名才华出众、相貌堂堂的男军人的求爱，时至今日，仍孤身一人。

当别人问及此事时，她总是萧洒地回答："我从娘肚里生下来后就没打算嫁人……"

## 第一个登舰的女水兵——加拿大女将军奥瑟莉珀

奥瑟莉珀的父母都是大学教授，她从小受到了较好的知识熏陶和教育，具备了敢于探险、不畏艰难的性格。从求学到参军可以说是一路绿灯，畅通无阻。

1939 年，20 岁的奥瑟莉珀进入加拿大海军预备队。在此之前，在加拿大海军史上，从未有女性闯进海军行列里。她敢冒天下之大不讳。然而歧视和恶作剧经常不期而至。她在日记里写道："为啥男人都很坚强和勇敢，他们为什么能上舰、出海？那蓝天、海鸥、军舰，对我诱惑力太大了。""惊涛骇浪，狂风巨澜，呕吐昏晕有啥了不起，我们女性也能出海远航！"

奥瑟莉珀经受住了世俗挑战。尽管加拿大国防部直至 1974

年才正式批准女性上舰，但她已远航近十年了，成为全世界海军史里最早涉足大海、远航时间最长的女性。

1989 年 2 月 17 日对拉瑞·奥瑟莉珀来说，是她一生中最难忘的时刻，她一生的奋斗目标终于实现了。这一天，加拿大国防部正式授予她海军准将衔。这一殊荣为加拿大的女性在军营这片天地里树起了一块宏伟的里程碑。人们到处传颂着她传奇的经历。她成了加拿大女性学习的楷模。

## 爱喝二两的法国女将军——默尼埃

安娜·默尼埃，可以这么说，她是因为喝酒才成为将军的。她参军是因为想改掉喝酒的嗜好，后来又因为会喝酒便有了扛上将军肩章的得天独厚的条件。别人这么说，她也无意回避。她曾是一位极爱幻想的女孩，既做过当天文学家的梦，又有过考古学家的追求，但她从没想到自己能在五十余岁时佩带上令人羡慕的准将肩章。

20 世纪 50 年代末，18 岁的默尼埃以优异的成绩从一所专修人文的名牌大学毕业，获得了这个专业的学士学位。她的父亲是位腰缠万贯的商人，生意兴隆之际常以饮酒作乐。他酷爱自己的女儿，高兴时，便叫女儿对酌几杯。久而久之，默尼埃在十岁时就上了瘾，隔三差五不喝点，心里就痒痒。

“当兵去！”父亲的一位朋友怂恿道。因为部队纪律严格，也许能改掉她的坏习惯。

就这样，没有任何憧憬，没有任何梦幻，她跨入了军营，穿上了宽大的戎装。三个多月紧张有序的训练不但戒掉了她的酒瘾，也改变了她身上的那分娇气。

第二年初，她毅然放弃舒适的机关工作，再入军校学习，毕业后，获得一级技术证书，这在法国军史里是史无前例的事情。她被分派到冈城女军人学校学员队当队长。两年后，又调入陆军参谋部总研究室，主要负责士官和女军人的晋级、调动工作，军衔为少校。1981 年，好学上进的默尼埃进入培养高级军官的法国高等国防研究院进修。翌年，她再返回冈城女军人学校任校长职务。

1984 年后，她又荣登法国第四军区司令部女军人处处长的宝座。与此同时，她的酒量突飞猛进，半公斤烈性白酒下肚也不当回事。

1984 年，这位文武双全的才女第三次回到阔别多年的陆军参谋部出任专业干部监察局参谋长。这时无论从工作经验上和人事关系上，默尼埃都已成熟。同年，她由上校晋升为准将，达到法国女性军官最辉煌的顶峰。

## 子女最多的尼日利亚女将军——卡利

纵观几位女将军，她们虽然成了女性中的佼佼者，但家庭生活多少都受到点影响。然而尼日利亚的少将隆凯·卡利却避开了这种不幸。她膝下有五个孩子，除最小的仍在念书外，其余的均已参加工作，有两个已成为本专业的专家，卡利因此有了"教子有方"的好评。

卡利结婚较早，丈夫奥拉德利·卡利教授，是她在美国留学时的同班同学，她们是靠打乒乓球打出爱情的。

卡利的成功称得上是一种机遇。1970 年她从美国学医归国，托朋友找一份好一点的工作。一个偶然的机会，使她撞开了幸运之门。尼日利亚陆军医院需要一个年轻的女性精神病专业医生。挺巧，卡利对精神病还是有一定研究的。她虽已是四个孩子的母亲了，但一打扮和结婚前没什么两样，在应征表上填上"未婚"竟也过了关。

1972 年，卡利佩带上了少校军衔。说实在的，对于半路出家的她来说，能到这一步，已经心满意足了。她只有以加倍的工作来报答国家对她的厚爱。一分辛勤，一分报酬。不到五年，她肩上又添了"两颗豆"，有了尼军当时女性的最高军衔——上校。1989 年，她因具有出色的管理才能被升任尼军总医院院长，并参与国家方针政策的决议工作。一年后卡利又被送到尼军最高学府——全国政策和战略研究学院深造，并荣获全国军事研究院院士证章。不久，她终于扛上了少将肩章，成为尼日利亚独立 30 年来的第一位女将军，武装部队有史以来统辖三所陆军医院的第一位女性领导，第一个能参与国家政治、经济、军事、文化决策的女性。

## 世界上最年轻的女将军——以色列的阿密拉

1990 年，以色列国家青年联合会进行了一次别开生面的问卷调查。

问："你最崇拜的人是谁?" 94.5% 的答卷上都填了一个女性的名字——阿密拉。

迄今为止，各国军队中的女将军，谁也没有以色列的阿密拉将军年轻——授衔时才 30 岁。这位以色列国防部的女性部门长官掌握着全军女军人的工作，有较高的应变和演说能力。她推崇男女混编的制度，认为这种做法能改变军人交往的行为，使训练规范化。她对"战争让女人走开"的格言非常反感，认为女性并非总与战争绝缘。她认为"今日的战场已经不再运用大量的重型武器，也很少面对面的厮杀搏斗，而是大量运用高科技的武器装备，这样一来，女性就可以和男性一争高低了!"

除此之外，她对当今部队男女军人的吸烟现象极为担忧。她说："军人一定得忍受得了寂寞和枯燥，要有精神信仰。如其不然，军队必将溃散，失去战斗力，后果不堪设想。"

阿密拉被军事家和战略家视为有"远见卓识"的女将军。

## 斯坦金点评

高新技术的发展，使得"战争让女人走开"这句古老的格言已经过时。

# *106* 被老虎追赶的女人

*压力产生于自己内心，而不是外在的力量。*

此故事最早是一位禅师讲给弟子们听的。

故事描写了一个女人被一只老虎追赶而掉下悬崖，庆幸的是在跌落过程中她抓住了一棵生长在悬崖边的小灌木。

于是，她就这样吊在那里，千钧一发，生死攸关。头顶上，一只老虎正在虎视眈眈地盯着她；低头一看，悬崖底下还有一只老虎，即使能躲过粉身碎骨的厄运，也会成为老虎腹中的美食。

这时，她看见两只老鼠正忙着啃咬悬着她生命的灌木的根。突然，她发现附近有一些野草莓，伸手可及。于是，她拽下草莓，塞进嘴里，自忖道："多甜啊！"……

也许这个可怜的人过早夭折，没有机会将她的秘密与别人分享。

但即使她无法告诉我们，如何在危难时刻还能处之泰然，她也是临危不乱的典型范例。就在她被老虎追赶、就在她即将粉身碎骨之际，居然有时间去享受野草莓的滋味儿！

## ◆━━━━ 斯坦金点评 ━━━━◆

我们之所以提及这个故事，因为它清楚地传达一个重要信息，即：在最后的时刻里，无论外界因素是多么紧张、多么不愉快，都不是我们是否感受压力的主要原因，真正的决定性因素是我们自己。

# *107*　面对 25 万美元的诱惑

她三次荣获全美华裔小姐、梅花小姐冠军。

1994 年，美国举行首届"全美华裔小姐"选美比赛，来自纽约茱丽亚学院的一位女学士战胜一千多名选手，荣登冠军宝座，获得 1 万美元奖金。

纽约市长亲自接见这位姑娘，当听说她是孤身一人在美国时，竟当场签发两份"绿卡"，赠给姑娘的父母，以感谢她为纽约市"争光露脸"。这位出类拔萃的女学士，就是 22 岁的湖南长沙姑娘——彭丹。

在美国，选美比赛几乎年年举行，拿冠军的姑娘不仅要美貌，更要各方面素质出众。彭丹有美国人称之为"魔鬼身材"的体形比例：身高 1.68 米，"三围"分别是 36、24、36，在西方人眼中，她无异是女神的化身。

然而，彭丹的优势并非尽在外表，她丰富的学识、轻盈精湛的芭蕾舞步、优美动人的钢琴演奏、流利的演说口才，构成独特的东方神韵，令所有人为之倾倒。正因为如此卓尔不凡，彭丹在美国犹如一枝奇葩，焕发出动人光彩。近年来，她先后摘取了"美东梅花小姐"、"全美梅花小姐"和"中国旅美小姐"三顶桂冠，赢得那么轻松，那么潇洒。

彭丹笑说："没料到自己这么幸运。我参加选美比赛，是为了扩大社交圈子，增加人生阅历。当然，更是为了获取奖金，贴补生活费用。"

这位芳龄 22 岁的姑娘，有着不平凡的艰辛历程……

## 阴差阳错学芭蕾

彭丹家境极平凡，爸爸在湖南省体委打篮球，妈妈是长沙市电子工业局的职工。她从小调皮好动，像个男孩子。妹妹彭咏却腼腆文静，性格内向。14 年前的那次阴差阳错，把彭丹献给了缪斯之神。

那一天，小彭丹陪好朋友去考舞蹈学校，好朋友没考上，主考老师送走眼泪汪汪的小姑娘出考场，一抬眼，见到了迎上来的小彭丹。哟！主考老师眼睛一亮，把彭丹拽了进去。彭丹说："我不会跳！"拔腿便跑。没出门又被拉了回去，只好硬着头皮自编自跳起来，口中唱着"一条大河波浪宽……"从这边扭到那边。

彭丹回忆："那叫跳什么舞呀，简直是乱蹦。心里只有一个念头，就是跳完快跑！"

谁知，这顿乱蹦，让老师发现了小姑娘上佳的资质。老师通知她再去复试，却被小彭丹当成了耳边风。

半个月后，这位老师去彭丹就读的小学招生，意外地"逮住"了上次不辞而别的小姑娘。就这样，八岁的彭丹考上北京舞蹈学校（现北京舞蹈学院），成为班上最小的学生。四年后，她以优异的成绩毕业，分配进中央芭蕾舞团。

## "我要全额奖学金"

1991 年，彭丹收到美国乔佛雷芭蕾舞学院的录取通知书，只身飘洋过海来到纽约。但下飞机后，她听说茱丽亚学院才是全美一流的艺术学府，是培养世界级艺术大师的摇篮，于是临时决定"改换门庭"去叩茱丽亚学院的大门。

入学考试那一天，来自世界各地的白皮肤、黄皮肤、黑皮肤的姑娘挤满了一屋子，她们叽里咕噜，谈笑风生，可彭丹一句也听不懂。她只会两个英语单词：yes（是）、No（不）。自我介绍开始了，彭丹什么也讲不出，涨红着脸，感觉整了一个世纪！

主考官问："您叫什么名字？"

"yes！"

"您从哪里来？"

"No！"

"您的国籍……"

"yes！"

"您是报考芭蕾专业吗？"

"No！"

考官们面面相觑，继而哄堂大笑，幸亏考生中有一位台北姑娘，热心充当她的临时翻译，才使考官们弄清楚彭丹原是来自中国的中央芭蕾舞团。接下来考基本功。几十个姑娘一组，随着乐曲翩翩起舞。考官们在舞池周围严厉审视，发现哪位考生动作不合格，只须用手一指，你就得立即停下，拎着舞鞋退场，没有半点分辩求情的余地。彭丹跳到曲终，闯过了第一关。

考完基本功后表演自选舞，其他姑娘都选跳西方名剧，聪明的彭丹却别出心裁地选跳中国芭蕾剧目《红楼梦》。没有服装，没有录音伴唱带，彭丹自唱自跳翩翩起舞，融入中国戏剧韵味的中国式芭蕾优美而生动，令西方考官们大开眼界！舞毕，他们竟情不自禁地鼓起掌来——尽管鼓掌违背考场纪律！

系主任走过来对彭丹说："你很出色，我们决定录取你。但因为你父母不是美国纳税人，只能享受半额奖学金。如果你能在一个星期内筹集到 1．25 万美元的话，就请打电话告诉我。"1．25 万美元对于彭丹来说，完全是个天文数字！她当即请翻译（那位台北姑娘）告诉系主任："如果你们真要我，就给我全额奖学金，下个星期请打电话通知我。"说完拎起舞鞋扬长而去。

几天后，彭丹接到系主任急切的电话："戴安娜（'丹'字的译音），你来吧，我给你全额！"她成为茱丽亚学院有史以来第一位享受全额奖学金的外国留学生。从此，她也有了一个洋名：戴安娜。

## 《花花公子》的诱惑

三次选美摘冠，使彭丹名声大震。美国畅销杂志《花花公子》找上门来，请她拍一套封面性感照片，酬金一开口就是 25 万美元！彭丹反感《花花公子》，更何况是"性感照"，当即拒拍。很多人闻讯纷纷开导她："《花花公子》在美国很受欢迎，连总统都看，里根的女儿就上过他们的封面。"

"这是人家第一次用东方美女做封面，好多人都求之不得呢。"

"性感照片无非是露得多一点，你跳芭蕾时不也穿得很少吗……"

面对众多的理由，彭丹还是摇头。她说："作为艺术家，跳芭蕾可以露，那是为了艺术；上《花花公子》封面，就不能露，因为那只是为了钱……"

在她拒绝 25 万美元的同时，她维持生活的经济来源，是在餐厅端盘子，在学院当收发！

《花花公子》受到拒绝，不甘心，多次派人找她，请她开价再商量。彭丹回答得斩钉截铁："没有商量的余地，这不是钱的问题，我不愿意损害全美华裔小姐的形象，更不愿意损害中国舞蹈家的形象！"彭丹守身如玉的举动，震动了美国和海外华人社会。

香港东方电影公司著名导演黄百鸣知道此事后，专程去美国请彭丹赴港拍电影《狼吻夜惊魂》，并告诉彭丹，这是专门为她编的本子。成龙的嘉禾公司也特邀她主演《赌圣Ⅱ》。对这些盛情的邀请，彭丹都畅快地答应了。但对《红番区》的监制蔡澜请她拍两部三级片，她却坚决拒绝。她说："每部酬金2万港币，的确超过了香港许多著名影星的片酬。但我不能做，如果为了钱，我就不会拒绝《花花公子》。"

## CSR 公司　神秘兮兮的招牌

彭丹现在成了大忙人。她来往穿梭于美国、加拿大和香港，既跳芭蕾，又拍电影，成了持有茱丽亚学院学位的双栖明星。

问彭丹为什么对拍电影熟悉得这么快，她说艺术是相通的。

问彭丹最钟情的艺术是什么，她说还是从小跳到大的芭蕾。

问彭丹最眷念的地方是哪里，她说"生我养我的故乡湖南长沙。"

在大洋彼岸，彭丹开办了一家 CSR 公司，由她的父母亲自打理经营。问彭丹怎么起这么一个神秘兮兮的招牌，她眨眨大眼睛说："你知道这招牌的意思吗？翻译过来，就是'长沙日用品国际贸易公司'呀！"说完，她天真地拍着手仰翻在沙发里，哈哈大笑起来。在场的人恍然大悟：原来如此，好调皮的长沙妹子，果然对家乡情有独钟！

### ◆◆◆◆◆◆◆◆◆◆◆◆◆◆ 斯坦金点评 ◆◆◆◆◆◆◆◆◆◆◆◆◆◆

品格纯洁、高尚的女明星才会受到世人的真正青睐。

# *108* 80 岁以后当画家

> 正确的道路是这样，吸取你们前辈所做的一切，然后再往前走。
>
> ——列夫·托尔斯泰

"我年纪太大，而一切都太迟了。"这句话重复地在我心中回荡。尤其在结束婚姻和法务工作之后，我消沉沮丧，身心疲惫。尽管我强烈渴望成为作家，却怀疑自己是否有写作的能力。我是否在浪费时间追逐错误的目标呢？

正当心情跌到谷底时，我从收音机里听到摩西祖母的故事。安玛莉·摩西于 13 岁时离家，曾生下十名小孩，为了抚养五名存活下来的小孩，她辛勤工作。虽然只能在贫穷的农场里勉强糊口，可她仍借着在帆布上绣花，提供些许的美给自己。

78 岁时，她的手指已经僵硬得拿不了针了，但是她没有向衰老低头，反而开始在谷仓里作画。她在纤维板上创造璀璨的色彩，精细地描绘出乡居生活的影像，她头两年作的画不是送人就是卖掉以贴补家用。

到了 79 岁时，她就被艺术界"发掘"——接下来的发展是个历史纪录——她继续画了两千幅作品，而且在 100 岁时，完成了圆画书《圣诞前夕》。

听完了这个故事，我的心情开始好转。心想：既然摩西祖母能在 80 岁以后展开新事业，而且获得成功，那么，才跨过 30 岁门槛的我应该还是前途光明的。广播节目尚未结束，我就打开电脑，继续创作我几乎放弃的小说。

八个月之后，那本书出版了。

（莉亚·克拉夫—克莉丝坦）

## 斯坦金点评

老的提琴也能奏出好的乐曲。

# *109* 不只一份奖学金

> 伟大的思想只对有思想的心灵有意义，而伟大
> 的行动却能造福所有人类。
>
> ——艾蜜莉·比赛尔

你可能听说过奥瑟拉·麦卡提这个人。她是一位 88 岁的老妇人，在密西西比州从事洗衣妇的工作已经超过 75 年了。

在她退休后的某一天，她去银行时赫然发现她每月微薄的存款已经累积到 15 万美元。而令所有人惊讶的是，她一转念就将 15 万美元——几乎是全部存款捐赠给南密西西比大学（USM）成立奖学金，提供非裔学生经济上的援助。这件事立即成为全美的头条新闻。

你不会知道奥瑟拉的礼物如何影响了我的人生。我那时 19 岁，是第一个领取奥瑟拉·麦卡提奖学金的学生。

我读书一向不遗余力，而且早就决心进入 USM。可是，我的入学考试成绩少了一分，以致于没有资格取得常设的奖学金，而奖学金却是我惟一能够入学的途径。

在一个周日，我碰巧瞄到报纸上关于奥瑟拉·麦卡提和她慷慨捐赠的报导，我便拿去给母亲看，我们都认为那是一件很伟大的事。

翌日我去助学办公室查询，职员告诉我还没有经费资助我，

不过如果有机会，他们会通知我。过了几天，在我正要出门搭母亲的便车去上班时，电话铃响了。我停下来接听时，外边正响起母亲催促我快点的喇叭声。他们告知我，我被选为第一个奥瑟拉·麦卡提奖学金的得主。我欣喜若狂，马上冲出门外告诉母亲。她还拨了电话去学校确定。

我第一次见到奥瑟拉是在记者会上——见到她就像见到家人。奥瑟拉不曾结婚，也没有小孩，所以从此之后，我的家庭也就变成了她的家庭。我的祖母定时与她通电话，一起出外购物，而她也参与了我们的家庭聚会。

有一次，我们聊天时提到冰淇淋。我们发现奥瑟拉对冰淇淋不太熟悉，便当下全冲向汽车，驶向皇后乳品店，为奥瑟拉点了她这一生的头一盘香蕉船！现在她常吃冰淇淋了。

奥瑟拉一生都工作得很辛苦，从早到晚用双手洗衣服谋生。我以前每天开车上学时，都会经过她家。当然，在那时候，我并不知道那是她的住所，不过我的确注意到她把草坪维护得很漂亮，而且一切都很干净整齐。近来我问她，为什么在那一段时期里我从未见过她，她回答："我想我都在后院洗衣服。"

现在奥瑟拉已经退休，她一天中大半的时间都在读《圣经》——如果她没有外出去领奖的话！每次我去探视她，她总是有新的话题。她甚至到过白宫。这一切令她既高兴又骄傲，不过一点都不自大。我们还得说服她弄来一台录放影机，好录下表扬她的节目，而看到自己在电视上，她也只是坐在那里微笑。

奥瑟拉给我的并不只是奖学金。她还教我付出的意义。现在我了解到世上充满着行善的好人。她终其一生工作，将所得施予他人，并且启发我，在有能力时也要有回馈世人的志向。总有一天，我要增加她的奖学基金。

为了让奥瑟拉拥有她一向渴望的家庭，我已经把她当成第二位祖母。她甚至宣称我是她的孙女。而当我从 USM 毕业时，她将会坐在观众席上，和我的母亲、祖母在一起——一个属于她的圈子。

（史蒂芬妮·布洛克）

## 斯坦金点评

人总是要老的，但要让奉献的时刻使我们的锦绣生活闪闪发光。

不知款爷、富婆们要把多少钱财带进黄金装饰的棺材里。

# *110* 台湾第一个裸体女模特儿

只要是行为正当，那么，勇气会使你获得一切。

——　贝多芬

"担任一个健全合格的模特儿角色不是件简单的事，她需要很多条件、体态匀称、姿势优美、聪慧和谐、宁静耐性……"这是台湾一位模特儿专家——林丝缎说的话。

## 一

林丝缎她为什么会选择这样一个职业呢？

她日本籍的父亲回国后，家境很艰苦，十多岁她就在一家纺织厂做工。1955 年，她 16 岁，师大艺术系的学生江明德搬来和她成了邻居，并把自己的未婚妻介绍与她认识。他们开始向林丝缎灌输一些艺术知识，让她看各种名画书册，渐渐地三人成了好朋友，经常在一起玩，游泳、郊游、看画展。这对夫妇利用各种机会，一点点告诉她什么叫艺术，什么叫模特儿，模特儿有什么重要性，日本和法国模特儿的情况。林丝缎慢慢地对这些事情有兴趣了，他们才告诉她，她的身材有着许多美的特点，非常适合做模特儿。在他们的劝说下，她终于同意了。

　　开始，江明德把她介绍到画家张义雄那里，每天都有学生来跟张义雄学画，林丝缎就是为他们做模特儿。这时，她不愿意把衣服完全脱掉，而是穿着比基尼式的泳装。张义雄为她作了第一张画，画上展示的女子却是全裸的，他这幅题名为"裸妇"的画参加了全省美展，结果得了第一名。这时，林丝缎感到骄傲极了，这虽然是画家的成功，但也是她的光荣，因为是她让他有了灵感。她开始对这个工作增加了信心和好感。

　　这样经过一年的时间，她终于同意将泳装完全脱掉，以裸体姿态出现。从此，台湾艺术界一个新的行业拉开序幕。这是她第一次在许多男人面前把自己从来没有让人见过的身体，全部展露出来，她充满了羞耻、不安、孤独、自卑、屈辱、全身肌肉紧缩，她低下了头，泪水盈眶……

　　作画的人却是严肃的，他们见到面前是一具美丽的躯体，柔美的线条，润泽而有弹性的肌肉。他们开始忙着构图，忙着抓住灵感，忙着把眼前的美景注入画中，这些人严肃的态度与和善的眼光帮助她拾回了部分自尊心，只是那份难堪与孤独却不是那么容易摆脱掉的。林丝缎一方面接受了画家们的熏陶，一方面加上自我揣摩学习，几年后，她渐渐地成为相当有水准的模特儿了。1958年，台湾师大艺术系聘请她当模特儿。

　　上人体课时，林丝缎是非常严肃的，她说："我把衣服一脱下，就觉得自己像座女神一样。"她总是非常认真地把模特儿课做好，她也不喜欢别人吊儿郎当的。所以，她最恨人家上课迟到，谁迟到了，她就让谁站在门外等一堂课上完，如果有学生随便乱冲上来，她会穿好衣服就走。她赢得了学生们的敬重，一旦教授不在，她也有能力把教室的秩序维持好。艺术系的学生一年年毕业了，她还一直留在系里做模特儿，有的学生毕业时对她说："你是属于艺术系的，永远都不会毕业。"

## 二

做模特儿是件很辛苦的工作，一种姿态常常要保持十分二十分钟，然后只休息五分钟，又要再回到原来的姿态。夏天，上人体课是不能开窗的，她赤裸着身体也已汗流浃背，学生就更别提了，一个个满头大汗，头昏脑胀；冬天，虽然教室里生火炉，但那股烟雾把大家熏得都快窒息了，她更惨，身上光溜溜的，火炉对着的一面猛烤，没有火炉的一面早已冻僵了。每天，她都得这样半边冷半边热地忍受着。有时教授希望她摆出的某种姿态，足以把人累死，有时也能幸运地摆一种很舒服的姿态，可是，过份舒服了，时间一久，竟然昏昏欲睡了。林丝缎还担任过摄影裸体模特儿，摄影和作画不同，摄影速度快，模特儿不停地变动着姿势，她自己形容说："需要有搔首弄姿的天才。"在这种情况下，她在师大抽空学的舞蹈就派上了用场，只是不停地动，体力消耗相当大。

这种种甘苦，局外人是无法想象的。

## 三

那些她当模特儿画出和照出来的作品，经常被送去参加各种比赛，其中有不少是国际性的影展和画展，前前后后不知得过多少奖。这些杰出的作品固然是艺术家本身的成功，但若没有一个理想优秀的模特儿与他们合作，又怎么可能呢？

然而，社会上的人是怎么看她的呢？许多人赞美她的勇敢、坚强；又有许多人将她骂得一塌糊涂，把各种黄色和难听的字眼都加到她的头上去。

有些人认为她的工作一定使她对性观念很开放，其实她是非常保守的。有些人用色情的眼光看她，用讥讽的态度对她，最初的确使她感到相当烦恼、痛苦。

有一次，一个无聊的男人在后面跟随她，嘴里不停地说些下流的话，她一生气，把那人推进了路边的水沟。还有一次，一个男人闯进她的画室，从那男人轻佻的态度中，林丝缎看出他不是画家，面对这种当面的羞辱，她无法控制住自己，愤怒地叫喊起来，把那人推到楼梯边，他一脚踏空跌滚下楼，她自己也回到房里，伏在椅子上痛哭不已。

这种事情碰多了，她就慢慢地习惯了，加上自己对艺术逐渐地了解，也就能泰然处之了。她总是说："不懂的人滚开好了。"她不愿再多费唇舌解释，她认为模特儿只不过是个名称而已。

这么一个辛苦的工作，待遇也相当低，现实给予她的担子又这么重，如果不是对艺术有深切的了解与兴趣，谁能做得下来？在这点上，无可否认，她的确是非常勇敢、非常坚强、非常可敬的。所以，许多艺术界的人知道她决定退休时，都对她十分怀念。摄影家莫一明中肯地说："九年来，她牺牲了自己，贡献了无比的力量，亦受尽了辛酸，受尽了一部分人对她的另一种看法……她已不是孤者，她已活在人们心中，将来在艺术史册上，会记载下她不可磨灭的一页。"

## 四

九年以后，林丝缎决定退休了，并为自己找到了一个永久快乐的归宿。

在她退休以前，日本名摄影家三木淳到台湾来，曾劝林丝缎到日本去闯天下，他认为，以她的条件在日本是会有很大前途的，林丝缎也曾考虑过他的建议，可惜这时，她被爱神拴住了。

这个有力量使她放弃去日本的男人就是她的丈夫李哲洋。

也许有人会关心，她丈夫会不会在乎她过去所从事的职业？李哲洋是中学的音乐教师，也是业余画家。他就是因为和朋友们一起画画请她当模特儿才认识的。最初他是在纸上画她，最后将她映入心房。他当然不会轻视她的职业，当然是用心灵爱她的，否则就不会娶她，即使娶了，婚姻生活也不会维持这么久的。林丝缎说："我们从认识到结婚一切都是那么自然。"她说，她甚至没有裸露着身体单独让丈夫作过画。

现在他们已经有了一对儿女，她对自己的家庭很满意，虽然物质生活并不十分富裕，但精神生活却十分富有。

现在，她除了在家做一个纯主妇之外，还在两所小学教课外活动和舞蹈，并办了个舞蹈班，她的学生有刚满五六岁的、有小学的、有初中的、还有当母亲的，总共五十多人。她特地为结了婚、生了孩子的母亲们开了一班，把她们从无聊的日子中解脱出来，转向舞蹈艺术。

## ◆◆◆◆◆◆◆◆ 斯坦金点评 ◆◆◆◆◆◆◆◆

无论在哪个领域，哪个地方，敢于第一个品尝西红柿的人都是最勇敢、最美好的人。当然，也是付出最昂贵代价的人。

# *111* 中国十大女富豪

上榜女富豪的事业必须主要在内地，财富必须
主要来自亲创而非继承。

据《科学投资》调查研究，女性富豪的创富历程，相对男性普遍要更为曲折，更为艰苦，财富积累的数量也多有不同。尽管如此，《科学投资》评出的"中国十大女富豪"仍要算是中国现阶段最顶尖的富人。

《科学投资》有自己的选择标准：上榜女富豪的事业必须主要在内地；财富必须主要来自亲创而非继承；在个人创富同时必须对社会做出较大贡献；创富经历还要对其他创业者具有启发和借鉴作用。依据这些标准，《科学投资》推出了"中国十大女富豪"。她们有一个共同的地方，就是都不甘平庸，胆子大，脑子活，能吃苦，所以能够脱颖而出。

## 陈丽华：敢与故宫比紫檀

1981 年初，陈丽华从北京来到香港，通过社会关系的帮助，从事房地产投资。但不到一年，她又回到北京寻觅商机。数年后，她在东长安街建国门附近拿到一块地。时间很快证明她选择北京做为新一轮房地产投资的正确性。

陈丽华在香港掘获的第一桶金是在比华利买了 12 栋别墅，

不久高价卖出，获利颇丰。陈丽华在香港完成其原始积累后，便及时地向港岛外拓展投资。目前，陈丽华组建的富华国际集团在北京已拥有数家房地产企业，总投资已超过 35 亿元。

陈丽华现已将北京房地产开发投资的绝大部分事务交给了儿子赵勇。陈丽华不愿住在她儿子的长安俱乐部或者她女儿的丽苑大厦，不愿住自己的别墅或者公寓，而宁愿住在她的紫檀家具厂。

### 张璨：不经风雨哪里见彩虹

张璨能有今天的成绩皆可以说是"歪打正着"。1986 年 7 月，她以一个旁听生的身份完成北大学业，没有文凭。那一年，张璨不仅碰到了后来成为自己丈夫的阎俊杰，并正式"下海"。腿勤手勤嘴勤，张璨说自己最初做生意时，没别的招儿，就这。

依靠积蓄，他们开始和别人一起办公司。1988 年，由于和公司董事会之间出现矛盾，张璨和丈夫一起退出了公司，开始了第二次白手起家。1992 年，张璨和丈夫重新回到电脑行业。这次他们在友谊宾馆租了一套房子做办公室，注册了现在的达因公司。到 1994 年，达因公司向国内客户提供了十万台康柏电脑。

### 杨澜：资本市场带来财富阳光

从一个全国著名的主持人变为国际知名的实业家，杨澜总结自己人生道路上有三件事情对她的成长最有影响。第一是生长环境。当教师的父母给了她长期温暖有爱的家庭，身为独生女儿在一个很有教养的环境中长大，培养了她善良、向上、摒弃骄娇二气的生活理念，使她心理上没有阴霾，真诚真情真性加上真干；第二件事是进入中央电视台。当时有一千多人去考试，能够脱颖而出，改变了命运，也改变了她原先对生活的设计；第三件事是碰到贵人相助。正是依靠正大集团总裁谢国民的资助，她才能够圆赴美国读书之梦。

## 侯丽萍：一篇风险投资文章改变命运

侯丽萍今年 46 岁，平遥人。32 岁以前的侯丽萍与绝大部分上班族的经历没多大区别。她 21 岁从山西中医学校毕业，被分配到太原一家医院，然后开始了 11 年的行医生涯。偶然的一次机会，使她成为了著名老中医石广济的入室弟子。1987 年 11 月，由侯丽萍亲手缔造的太原市类风湿性关节病医院出现在太原。1994 年，她成立了山西泰和制药有限公司，1996 年侯丽萍正式组建山西正中集团。集团成立后，侯丽萍越来越感到资金不足的压力。偶然的一个机会，她看到了一本讲述风险投资和风险家故事的杂志，"为什么不尝试一下寻求海外风险投资呢?"这样一个念头一出现在侯丽萍脑海中便挥之不去。2000 年 7 月，正中药业在香港联交所上市。

## 何然：机会只垂青有准备的头脑

何然的第一桶金来自股票期货。其后的 1994 年，她发现国内的公共电话系统远不能满足需求，于是投资生产了国内第一台IC 卡电话机。经过三年的高速发展，国腾公司已占有国内 IC 卡电话的 30% 市场，去年公司收入达十亿元。

国腾公司的诞生颇具传奇色彩。几个具有市场意识的技术人才为了共同的奋斗目标和理想走到了一起。公司的一位创始人意识到 IC 卡电话在中国的巨大市场潜力，但这时一个更大的困难横亘在他们面前——资金。在几乎山穷水尽的时候，他们遇到了一位具有前瞻眼光的企业家——何然。1995 年 2 月，公司董事长何然来到邮电部，凭着过硬的质量获得了邮电部的认可。从此，公司的研发与生产逐步走上了正轨。

## 李桂莲: 大杨的秘密

20 年前,辽宁省普兰店市杨树房镇的李桂莲领着 12 个姐妹,东借西凑了 3 万块钱,招收了 85 名女工,从各家凑来了 65 台缝纫机,创办了杨树房服装厂。如今这家服装小厂已发展成为拥有直属成员企业四十多家,员工七千多人,资产总值十亿元,年综合生产能力达一千多万件(套)的大杨企业集团。

1981 年的春天,大连市一家大服装厂厂长找到李桂莲寻求帮助,说他们与一家美国公司签订了一项条绒西服合同,整装由 46 块面料组成,要求三天内拿出样品,准备去西欧参加博览会。如果三天拿不出样品,不但另选厂家,还要索赔。这对当时还吃大锅饭的国营企业厂长来说,确实是一道难题。李桂莲抓住了这个千载难逢的机遇,凭此进入国际市场。

## 沈爱琴: 又一个财富故事开始了

1975 年,当杭州市笕桥镇的领导让沈爱琴去创办丝绸厂时,她兴奋地立即走马上任。办厂的全部家当是用卖旧楼板换来的 3600 元资金和八台从大厂退下来的旧机器。沈爱琴带着二十多名职工开始艰苦创业。功夫不负有心人。从在当时的北京东安商场设下专柜之后,产品一举成名。当时杭州的丝绸产品无论在质量和花色上都比北方的产品要受欢迎,第一年沈爱琴就赚了 6 万元。

现在,除丝绸之外,沈爱琴又将目光投向了水产养殖,曾经有一段时间,"万事利"甲鱼行销全国,赚了大量的钱。她还把未来瞄准在生物养殖上,研制新型饲料喂养深海食用鱼是"万事利"的又一个金娃娃。

## 刘迎霞：拥有令人羡慕的一切

刘迎霞目前身兼大连理工大学兼职教授、哈尔滨翔鹰集团董事长、黑龙江省青联常委、黑龙江省工商业联合会副会长等职，她还是黑龙江省政协委员、全国青联委员、全国女企业家协会会员、全国工商联直属会员。刘迎霞十分注重队伍建设。创业之初，就在企业建立了惟才是举的用人机制；能者多劳的奖励机制；能者上庸者下的竞争机制；厚积薄发的人才培养机制。根据企业性质，需要专业性很强的综合类人才，刘迎霞就四处聘请北京市的、黑龙江省的一些老专家，甚至国际建筑行业中的各类人才都相继被刘迎霞引进了自己的公司。

## 尹爱萍：从滞销电视做起

1990 年尹爱萍辞职"下海"，起初推销海南生产的滞销品"黄海美"牌电视机。她克服千辛万苦，终于把 800 台滞销电视机全部推销出去，为自己积累了第一笔原始资本，并利用这笔原始积累组建了郑州江海电教器材公司，自任总经理。1993 年以后，企业获得较大发展，先后组建了郑州电视城、二星级江海大酒店、四星级红珊瑚酒店、建筑装饰工程公司等十多家企业，并收购了老牌国企郑州啤酒厂，组建江海集团，注册资金 1.8 亿元，目前已发展到总资产近十亿元，拥有职工一千八百余名。江海集团 1995 年被国家工商总局综合评定为"全国最大 500 家私营企业第 50 位"，1997 年被郑州市政府列为"抓大扶强"重点培育企业之一。

## 雷菊芳：如雪山之水一般清纯

1987 年，国家提倡"科技人员要走向国民经济主战场"，雷菊芳跨出实验室大门，辞去公职，租了两间房，借了两张桌，开始了自己的创业历程。1992 年，雷菊芳第一次创业失败，刚刚在经济上宽裕起来的雷菊芳突然间又陷入了困顿。雷菊芳准备从兰州这个伤心地出走，她选择的迁徙方向是青藏高原。在西藏，雷菊芳开始接触到藏文化，又透过藏文化进而接触到藏医学。受到触动的雷菊芳，最终选择了藏医药作为自己事业的新起点。1993 年，雷菊芳的第一个藏药产品——奇正炎痛贴问世。当年八月，雷菊芳注册成立了奇正藏药有限公司。

### 十大女富豪排名榜：

| 姓名 | 陈丽华 | 张璨 | 杨澜 | 侯丽萍 | 何然 | 李桂莲 | 沈爱琴 | 刘迎霞 | 尹爱萍 | 雷菊芳 |
|---|---|---|---|---|---|---|---|---|---|---|
| 财富 | 55 亿元 | 11 亿元 | 8.5 亿元 | 7.3 亿元 | 6 亿元 | 6 亿元 | 5 亿元 | 4.3 亿元 | 4.3 亿元 | 2.1 亿元 |
| 年龄 | 60 岁 | 37 岁 | 32 岁 | 46 岁 | 40 岁 | 55 岁 | 57 岁 | 30 岁 | 37 岁 | 50 岁 |
| 出生地 | 北京 | 北京 | 北京 | 山西平遥 | 四川成都 | 辽宁大连 | 浙江杭州 | 哈尔滨 | 河南郑州 | 甘肃临洮 |
| 教育背景 | 高中 | 硕士 | 硕士 | 大专 | 大学 | 大学 | 初中 | 硕士 | MBA | 大学 |
| 主要公司 | 香港富华国际集团 | 达因集团 | 阳光文化 | 正中药业集团 | 四川国腾通讯 | 大杨集团 | 万事利集团 | 黑龙江翔鹰集团 | 河南江海集团 | 奇正藏药集团 |
| 总部所在地 | 北京 | 北京 | 上海 | 山西 | 成都 | 大连 | 杭州 | 哈尔滨 | 郑州 | 兰州 |
| 主要行业 | 房地产 | 房地产信息产业生物技术 | 传媒 | 药业 | IC 卡电话设备 | 服装 | 丝绸产品 | 建筑装饰水利筑路 | 酒店业建筑业 | 药业 |

## 斯坦金点评

女性不仅能理解自我牺牲精神，而且也善于牺牲自己。

# ·卷 十·

# 金 点 子

钱的多少，是智慧和劳动的结晶，
而点子是智慧和劳动的体现。

——一位历经沧桑的商人这么
说：一位厂长、一位经理、一位商
人，如果不懂得运用点子，怎么可
能有所成就呢？

# *112* 扩大一毫米

其实只要你把心径增加一毫米，你就会看到生活中任何变化都有它积极的一面，充满了机遇和挑战。

有一家生产牙膏的公司，很受消费者的喜爱，每年的增长率都在10%到20%，可是到了第11年，企业业绩开始停滞下来。

公司经理召开高级会议，商讨对策。会上，总裁许诺：谁能想出解决办法，重奖10万元。有位年轻经理站起来，递给总裁一张字条，总裁看完，马上签了一张10万元的支票给他。

那张字条上只写了一句话：将牙膏管开口扩大一毫米。

消费者每天早晨习惯挤出同样长度的牙膏，如果开口增大，那么每天牙膏的消费量也必将大幅度增加。

公司立即改变包装，第二年，公司的营业额增加了32%。

## 斯坦金点评

略微改变一下思维模式，人生和企业的前景就会更加光辉灿烂。

# 113 礼拜天不营业

> 到第七日，神造物的工作已经完毕，就在第七
> 日歇了他一切的工作，安息了。
>
> ——《圣经·创世纪》

特鲁埃特·卡西服完兵役之后，在乔治亚州亚特兰大市开了一家名为"小矮人之家"的饭店。

因为他就住在饭店隔壁交通便利，所以说他每天都工作一整天。不过，礼拜天他是不营业的。特鲁埃特 12 岁时就成了基督徒，他觉得安息日不能被剥夺。他说："假如为了赚钱，一星期要工作七天，那我就应该干些别的。"

"小矮人之家"很成功。特鲁埃特注意及时增加菜肴的花色品种。他喜欢在自己的饭店里做些试验，这些尝试，有的效果良好，有的则不然。

但其中有一项创意非常突出，那就是"费拉鸡"——一种配方独特的鸡肉三明治。"费拉鸡"十分受欢迎，特鲁埃特决定把它拿到一条商业大街的快餐点去试销。

他在亚特兰大市开设了他的第一家"费拉鸡店"。不出所料，营销十分成功。今天，费拉鸡餐馆已多达 350 家，它们都遵照着特鲁埃特当初立下的规矩"礼拜天不营业"，其中许多家餐馆创造的利润甚至比附近营业七天的饭店还高。

　　费拉鸡的成功基于两大原则：赞颂上帝，祈求他确保盈利的稳定；给予员工和顾客正面的影响，年轻雇员可以获得助学金上大学，许多人还有机会另立门户，开创自己的事业。

## 斯坦金点评

　　就算跟普遍的观念相冲突，也要坚持自己的原则。

# *114* 打 字 机

> 世事无常，因人而异。
>
> ——巴尔扎克

　　克里斯托弗·肖尔斯并不是第一个发明打字机的人，实际上他是第 52 个。

　　早在 1845 年就有人申请并获得了打字机的专利权。有些人的想法很好，有些人的却不怎么样，但是，没有一个人具备足够的资金和洞察力来推广应用这种机器。

　　肖尔斯当时已是一位印刷商和报纸出版人。1866 年的一天，他在修理打印书页的机器时，他的一位朋友灵机一动，建议他可以造一部类似的可以打印字母的机器。

　　肖尔斯花了七年时间设计改进打字机，但这时资金用完了。肖尔斯于是用这部机器写信同宾夕法尼亚州的商人和赞助人詹姆斯·德斯莫尔取得联系。德斯莫尔寄来了 600 美元的支票给肖尔斯，并答应如果他能拥有 25% 的股份，他将继续在这项发明上投入资金。肖尔斯也表示同意，但他却不知道这 600 美元是德斯莫尔所有的流动资金。

　　德斯莫尔热情高涨地投入到这项新的事业。他意识到他们还需要机械技术和更多的资金，于是他们俩就将这项专利权卖给了雷明顿公司，肖尔斯只分得 1．2 万美元。德斯莫尔则与雷明顿公司商定了一个专利使用支付办法，这样他最后就可以拿到150万美金。

雷明顿公司开始推销打字机，最初的营销方案却并不成功。

然而打字机的商业优势最终还是得到了体现，在基督教青年妇女会的协助下，妇女们接受打字培训，并第一次找到进入商界的途径。

## 斯坦金点评

你也许不是第一个想到一个好主意的人，但如果在别人放弃时你仍坚持，你就会成为最终的获胜者。

# *115* 麦氏咖啡

那种咖啡滴滴香浓。

——西奥多·罗斯福

许多美国人都向往早晨的第一杯咖啡。他们之所以能欣然享受这一"晨课"，要归功一个人——乔尔·克里克，正是他制定了一种固定配制咖啡的标准。

19 世纪 70 年代，乔尔·克里克在田纳西州一家杂货批发店当售货员。在他销售的商品中，咖啡是销售额从不稳定的商品之一。由于咖啡豆、烘制和搭配方法经常变动，同一种品牌的咖啡味道迥异，要么太浓，要么太淡或者太苦。乔尔决心着手制作一种更好的、固定的咖啡配方。

他试验了各种咖啡豆和配方，终于开发了一种理想的咖啡产品。它不仅香浓，而且可以始终如一地配制。乔尔把配方带到了纳什威尔著名的麦氏公司，它很快就成了公司的特色产品。

麦氏公司的知名度日增，1907 年，克里克为当时的西奥多·罗斯福总统献上了一杯咖啡，总统喝完后，赞不绝口，"那种咖啡滴滴香浓。"从此以后，这句话一直被用作麦氏咖啡的广告词。

今天，咖啡豆的精选、烘制和搭配方法仍然是麦氏公司的重要传统。公司还制定了严格的辨味方法，以保证咖啡声名经久不衰，味道始终如一。

## 斯坦金点评

拥有优质产品才是固守品牌的惟一方法！

# 116 读者文摘

> 不要躲避困难，正视它们，迎接它们，击败它
> 们。所有的伟人都是从艰难困苦中走出来的。

　　一开始，一个好的主意也许能带来成功，而当事情看上去进
展顺利的时候，阻碍也就随之而来。实际上，许多好的想法也就
到此为止，不能再发挥作用。有些想法本身是可取的，只是很少
有人能坚持到底。如果没有征服困难的毅力和决心，德威特·华
莱士的梦想可能早在许多年前就被埋葬了。

　　华莱士想出版一种小型刊物。当时市场上有很多好的杂志，
但是，要想全面地了解信息，你就得花一大笔钱去买这些杂志。
华莱士弄出了一个杂志样本，浓缩了已发表过的文章。他将这个
样本命名为《读者文摘》。因为没有人肯支持这项事业，他和他
的未婚妻不得不租了一间办公室，建起了自己的小小杂志社。

　　结婚那天，他们散发了油印的传单，向人们征订这份杂志。
两周后他们度蜜月回来的时候，他们已经收到了 1500 份订单。

　　1922 年 2 月，第一期《读者文摘》出版了，在其后的一段
时间里，事情进展十分顺利。其他杂志也允许重印它们的文章。
然而，随着印数的增多，《读者文摘》也就成了其他杂志的竞争
对手，文章的来源也就被切断了。

　　1933 年，华莱士开始委托作者为其他杂志写文章，但给予

《读者文摘》稍后重印的权利。虽然华莱士因此受到很多人的批评，但《读者文摘》却因而得以存活。

20 世纪 50 年代，杂志社停止了这一做法，不过，那时的《读者文摘》已经是中天之日，兴盛不衰了。

## 斯坦金点评

从本质上讲，每一个梦想的实现都是要经历一段困难时期的，否则，梦想也就不那么令人神往了。

# *117* 汽车公寓

> 好主意还得有勇敢的人动手去实现它，否则亦
> 不过如梦想而已。
>
> ——爱默生

在纽约市找个停车点是件十分困难的事。霍华德·普隆斯基所在的布鲁克林区，人们为了找个地方常得徘徊寻觅个把小时。霍华德也像其他人一样牢骚满腹、怨言不迭。

有一天他病了，躺在床上遐想时突然灵光一闪有了主意。

他访遍全街区找到了一个待售的停车场并买了下来。刷新墙面、配上电梯、装修焕然一新之后，停车场重新开张，不过这次是"帕克斯洛普汽车公寓"。有些人对此举嗤之以鼻，但厌倦了疲命于找停车场所的人们，很快就开始在此购买停车处。

普隆斯基提供的车位保证 24 小时开放并有人看护。有的人为了自己停车而买停车位，而另外一些人则将车位作为一项投资去买，转而再把它租给别人使用。

普隆斯基的病使他得以有空想出了一个好方法，解决了纽约的老大难问题。由此看来，"发现需要，满足需要"这句古老的格言确实灵验。

## ◆◆◆◆◆◆◆ 斯坦金点评 ◆◆◆◆◆◆◆

　　人们真正需要的物品容易畅销。放慢你急促的脚步，睁大你的双眼，且花点时间想想你是否忽视了周围人们的某些需求？

　　如果你也卧病在床，你不必悲伤，你应当感谢上帝，说不定你也会有"病床灵感"呢！

# *118* 折叠沙发床

> 即使一个小孩也能办到。
> ——卡斯特罗改装型沙发广告语

1919 年，年仅 15 岁的伯纳德·卡斯特罗离开意大利，来到纽约。他不会说英语，但谋得了一份旅行社的差事，他晚上坚持上英语课，不久找到一份更好的差事——受雇于一个室内装潢商。

1931 年，伯纳德决心自己到室内装潢行业发展，他四处借钱以作启动资金。但随之而来的大萧条却让他负债累累。一天，法院执行官拿着一张资不抵债的公告要张贴在他的店门上，但纳德说服执行官把通告贴在后门上，不让顾客看见。接着，他找到每个债主，许诺每周偿还 1～2 美元直至全部还清债务为止。他解释说，如果他的店关门，他们的钱就永远收不回了。

卡斯特罗的顾客往往需要一张重新加垫的沙发床，但又嫌其过于笨重，于是问他有没有"减赘"的法子。通常这意味着撤去底座。不久，卡斯特罗开始尝试制造一种更轻便的沙发床。当时，战争如火如荼。金属匮乏，他从船上的床铺得到了启示：用条形木板来制造沙发床。战争结束后，卡斯特罗为他的轻便型沙发床申请了专利。

一天，他走进起居室，看见四岁女儿伯纳黛特居然打开了沙发床，他马上想到了一个推销产品的点子。1948 年，他把女儿打开沙发床的场面拍摄成广告片，斥巨资在电视上播放。起初收效甚微，卡斯特罗心灰意冷，想停止促销活动。可是，在广告连续播放了三个月后，订单开始如雪片般飞来。后来这个广告竟然播放了三万次。

## 斯坦金点评

成功并非一蹴而就。在很多情况下，耐心才会获得回报的。